MEMORIES VOL. 1

AGATHA'S TALE

© 2020 Hussein AL-Dabash

Autor: Hussein AL-Dabash
Umschlaggestaltung, Illustration, Musik: Hussein AL-Dabash
Übersetzung: Simon Niemann

Verlag & Druck: tradition GmbH, Halenreie 40-44, 22359 Hamburg
ISBN: 978-3-347-10219-4

Bibliografische Information der Deutschen Nationalbibliothek:
Die Deutsche Nationalbibliothek verzeichnet diese Publikation in der Deutschen Nationalbibliografie; detaillierte bibliografische Daten sind im Internet über http://dnb.d-nb.de abrufbar.

Einleitung

Die Schönheit dieses fiktionalen Kunstwerks ist Dank der Mithilfe von diversen, multi-kulturellen und humanitär orientierten Gruppen, deren Mitglieder alle unterschiedliche religiöse, politische, ethnische und sexuelle Überzeugungen, Identitäten und Ausrichtungen haben, entstanden.
Niemand von uns hat sich die folgenden Geschichten ausgedacht, noch wurden sie extra für diesen Zweck zusammengetragen. Stattdessen wurden sie den Mündern, Händen und Gedanken einiger Menschen, die in psychischer Behandlung sind, entnommen. Diese haben rein rechtlich, in vollem Maße ihre Zustimmung dazu gegeben.
Sie finden darin eine Möglichkeit ihr Leben zu verbessern und die Geschichten zu einem wichtigen Teil der Gesellschaft werden zu lassen.
Deshalb möchten wir alle kommerziellen Einnahmen dieses Werkes Wohltätigkeitsorganisationen zukommen lassen, die sich für die Pflege dieser Menschen einsetzen, sowie Forschungslaboren die verantwortungsbewusst an der Entwicklung von Medikamenten arbeiten, die zur Verbesserung des psychischen und physischen Zustandes eben dieser Menschen führen.
Aus diesem Grund sind wir (das Team, dass an diesem Projekt arbeitet) nicht verantwortlich für die in diesem Roman enthaltenen Positionen und Haltungen, noch möchten wir diese verurteilen oder unterstützen.
Alle im Roman enthaltenen Worte sind fiktional, zeigen jedoch die Grenzenlosigkeit des menschlichen Geistes, unabhängig von seinem Zustand.
Alle Hinweise auf konkrete, historische Ereignisse sind frei erfunden, auch wenn sie Ähnlichkeiten zu realen Ereignissen aufweisen.
Für weitere Informationen verweisen wir auf „Wer wir sind?" am Ende des Romans.
Großer Dank gilt:

M.H.D	N.N.	A.B.	A.F.		S.N.	W.S.	L.A.
M.H.	A.J.	F.H.	D.M.		R.F.	Y.F.	J.A.
A.K.	M.S.	L.H.	L.L.	K.B.	H.A.	B.H.	H.H.

Wir wünschen allen ein erfreuliches Abenteuer.

KAPITEL 1

Entschlüsselungsmodus aktiviert

...

Brief 0.1

...

Datenvergleich

...

Start

...

=[Thesan]: Hallo...

Ist das das Universum 139147625?

Wir sind aus dem Universum *Davor* und dies sind unsere letzten Zeilen... unsere Überreste...

Wir hoffen ihr scheitert nicht, wie diejenigen, die vor euch da waren... So erbärmlich.

Das Energielevel ist schwach, darum versuche ich euch alles zu erklären. Ihr müsst euch um alles kümmern, ansonsten werdet ihr untergehen.

Oder ist es schon zu spät? Welches Jahr ist in eurem Zeitalter? 2026?

Wir werden Wissenschaftlerinnen und Wissenschaftler oder auch Gelehrte genannt; diejenigen, die einst die Zeit und ihre Regeln verstanden haben.

Wir operieren im Geheimen, im Unsichtbaren und arbeiten an geheimen Projekten der Regierung.

Und doch unterscheiden wir uns nicht vom Rest unseres Volkes.

Um das Jahr 11972, in unserer Zeitrechnung, haben unsere Physikerinnen und Physiker eine Maschine entwickelt. Alles was sie tut, ist, Theorien anderer Wissenschaftlerinnen und Wissenschaftlern, die versuchen die Welt zu erklären, zu sammeln und diese zu verwirklichen. Am Ende entstand die erste Version von „Thesan"; ein Gerät das zeigt, wo alle Materie herkommt und wo sie hingehen wird.

So konnten wir *IHN* sehen, ja er existiert und er erwartet euch. Es war faszinierend, aber auch erschreckend.

Doch es entstanden auch andere Geräte, wie „Veritas"; eine Möglichkeit jede mögliche Situation zu simulieren und zu durchleben ohne, dass sie Konsequenzen in unserer Realität hat... sehr amüsant.

„Ein enormer Wandel; eine Revolution gegen die Dunkelheit" haben sie uns gesagt.

Auf diesem Weg können keine Informationen verloren gehen, wir wissen alles, wir werden alles wissen.

Wir sind Götter!

=[Týr]: Hmmm.

Götter? Wir sind Götter?

Bist du es „Thesan"?

Wie oft werden sich deine Worte noch wiederholen?

Die Macht, die wir haben macht uns zu Göttern?

Weißt du... du bist nichts als eine Stimme, zitternde Frequenzen hier und da.

Haha... lächerlich.

Hallo mein lieber Zuhörer.

Ist es dir zu kompliziert?

Verzeihung.

Aber wir müssen fortfahren.

Ein Unternehmen wollte „Veritas" auf den Markt bringen. Doch die Gesetze des Landes ließen es nicht zu. Die Regierung hatte ihre Hand über allem, darum musste "Veritas" erst getestet und die Ergebnisse analysiert werden.

Wir suchten uns neun Freiwillige.

Aber die Regierung interessierte sich nicht für unsere Tests und glaubte uns nicht.

Dank „Thesan" sahen wir die nahende Zukunft. Sahen, dass das Ende näher rückt, dass uns nichts befreien, uns nichts retten konnte.

=[Sancus]: Wie Recht du hast „Týr".

Wir haben auch euer Universum gesehen, es ist unserem nicht allzu unähnlich.

Es liegt also nun in unserer Hand, euch über all das zu unterrichten und sicherzustellen, dass ihr das Ende kennt.

Ihr könnt euch verstecken, davonlaufen, flüchten und alles hinter euch lassen, aber wir... wir sind bereits Vergangenheit.

Nehmt von uns den letzten Hauch, das letzte Stück unsere Existenz.

Wir haben es schon einmal versucht... und jetzt wieder... wir zeichnen diese unsere letzten Worte auf, in der Hoffnung, dass sie etwas ändern können.

[beginnt zu weinen]

Hört genau hin, was wir euch zu sagen haben... antwortet! Verdammt nochmal antwortet!

Es sind Geschichten voller Trauer, voller Hoffnungslosigkeit... aber habe ich Angst? Angst davor, dass all unsere Bemühungen erneut zu Staub zerfallen... nichts nützen...?

=[Salus]: Hör auf die weinen, reiß dich zusammen und mach keine Szene.

=[Sancus]: Ich kann nicht... ich halte das nicht länger aus... „Salus"...

=[Salus]: Du musst „Sancus".

Und verlier das Gerät nicht, halte es so fest du kannst.

=[Sancus]: Ich... Ich versuche es ja, ich versuche es so gut ich kann... buh...

Aber... werden sie uns überhaupt anhören?

6

Werden sie uns verstehen?
=[Salus]: Das tun sie doch immer. Sie beten uns an.

=[Sancus]: Erzähl ihnen von der Geschichte... von der Geschichte hier auf dem Bildschirm... die Geschichte in der sich herausstellt, dass Agatha... ich kann nicht.

=[Salus]: Wir werden euch von unsere Zeit erzählen.
Von dem Experiment.
Den neun wichtigsten Geschichten und deren Trümmer, die geblieben sind.
Wir werden euch von der Liebe berichten und ihren Wundern.
Von der Gier und ihren Vorzügen.
Von dem Vertrauen und dem Terror den es mit sich bringt.
Und wir erzählen euch von dem Aufstand den *ER* gewollt hat...
All das geschah vor 20 Milliarden Jahren.
Im Jahr 12958 unserer Zeit.
Alles begann damit, dass wir entführt wurden und es uns gelang zu fliehen.
Einige von uns wurden zu Verrätern.
Einige gibt es heute nicht mehr.
Wir haben zu viele verloren.
Wir waren einfach zu viel.
Sind es immer noch.
Erinnerst du dich an „Tetragrammaton"?
Du hast ihn immer nur „Yhwh" genannt.
Bevor wir euch jedoch die neun Geschichten erzählen, müsst ihr die unsere kennen.
Die Geschichte, wie wir überlebt haben, wie wir alles gegeben haben und am Ende das erreichten, was *ER* für uns vorgesehen hat.
Wir haben uns gegen die Regierung gestellt, um den Tag des Unglücks zu vermeiden. Ihre Antwort war Gewalt.
Und so sollte unsere Welt nach 21 Tagen untergehen.
Wie wir es vorhergesehen haben.
Die Tage vergingen in quälender Langsamkeit.
Der letzte Tag war gestern und nun beginnt das Ende für unsere Welt – Das Closing.
Am ersten Tag haben viele versucht euch zu kontaktieren.
Am zweiten Tag wurden sie alle tot aufgefunden.
Also entschieden wir uns zu fliehen.

Am fünften Tag machten wir uns auf den Heimweg; ein Ort, wo wir uns mit euch in Verbindung setzen konnten. Wir warteten.

Es war zermürbend.

Sieben Tage blieben wir dort und es blieben uns noch neun weitere.

Wir lernten, wie wir mit euch Kontakt aufnehmen können, aber ihr konntet uns nicht verstehen.

„Dolos" war großartig.

Aber er hat uns verraten.

Wie konnte er nur?

"Beaivi", "Helios", "Odinani", "Waheguru" oder wie ihr sie kennt „Aten".

Sie war die erste, die den Kontakt zu euch hergestellt hat.

„Soteria" die zweite.

Er zeigte uns, wie wir "Atens" Arbeit fortführen konnten.

Jedoch nicht nur er.

„Apollo" half ihm dabei und vereinfachte das Verfahren.

„Jengu" war die letzte.

Ihr gelang es, sich in ein Wesen aus eurem Universum zu verwandeln.

Sie war einzigartig; majestätisch.

=[Yuanhua]: Genug über uns, so hilfreich, wie wir es uns erhofft haben, ist das alles nicht.

Hört lieber dies:

Seht hinter den Schleier.

Greift nach dem Ungreifbaren.

Stellt euch dem Unüberwindbaren.

Versteht das Unverständliche.

Aber am wichtigsten.

Zweifelt an allem, was greifbar ist.

Nur so werdet ihr eure Fähigkeiten entfalten können.

=[Salus]: Nicht zu schnell „Yuanhua"

Sie werden es noch früh genug selber lesen.

Gib ihnen Zeit.

Ich denke wir müssen nun beginnen.

Die erste Simulation, die ihr benötigt, ist die Geschichte von „Agatha".

Seid aufmerksam... hört gut zu... und lernt... lernt.

=[Yuanhua]: Lasst uns nicht im Stich.

Bitte nicht, bitte nicht... wir haben das nicht verdient... oder?

ER braucht euch... wir alle brauchen euch.

...

8

Das Musikstück „Epistle" ist nun verfügbar

…

Das Lied „Started" ist nun verfügbar

…

Ende

…

KAPITEL 2

Entschlüsselungsmodus aktiviert

…

Datenvergleich

…

Erinnerungsmodus aktiviert

…

Erzähler wählen Beweisstück 1.0

…

Erste Simulation

…

Start

…

=[Erzähler 1]: Alles ist exakt so verlaufen, wie wir es uns vorgestellt haben.
Die Basis ist bereit.
Das Unternehmen hat das Experiment gestartet.
Nachdem die Gesundheitstest abgeschlossen waren, öffneten sich die Türen.
Die Freiwilligen setzten sich und schauten sich um.
Zu diesem Zeitpunkt waren alle noch sehr unsicher und aufgeregt; sie hatten
noch nie von diesem neuen Gerät gehört und konnten sich nicht vorstellen, was
passieren würde.
„Ich kann es kaum erwarten, was dieses Ding mit uns vorhat. Mal schauen, was
für Ergebnisse dabei rauskommen", sagte der dritte Freiwillige begeistert,
während er einen unauffälligen Blick auf die vierte Freiwillige warf.

Die erste Funktion des Geräts wurde vor allem zu dem Zweck entwickelt, damit
die Person, die es benutzt Spaß hat, wie eine Spielkonsole; nicht mehr und nicht
weniger. Der erste Freiwillige machte den Anfang:
Alles beginnt mit einer wunderschönen Explosion, einer Explosion ähnlich
einem Vulkanausbruch. Der erste Freiwillige wird zum Künstler, er kann alles
erschaffen, was er möchte. Alles ist perfekt. Die entstandenen Galaxien sehen
aus, wie der Verlauf einer Melodie.
Die Simulation funktioniert. Sie macht, was sie soll.

Immer wieder und wieder wiederholt er diesen Vorgang, bis er endlich all das
geschaffen hat, was er braucht, um mit der Geschichte, die er sich überlegt
hatte, zu beginnen.
So kann er all die Dinge kontrollieren, auf die es ihm ankommt und die
Geschichte erschaffen, die er sich erträumt.
Die Simulation erstreckt sich über einen Zeitraum von 75 tausend Jahren.

Zuerst schuf er zahlreiche Königreiche, unter anderem Persien und das Gebiet der Maori.

Doch das Reich der Seleukiden war nicht genug.

So flüsterte er heimlich vor sich hin: "Pompeius Magnus? Nein, um ihn geht es nicht. Vielleicht Tigranes der Große? Nein, nein, das geht nicht. Selbst Cestius Gallus ist zu unbedeutend, um in dieser Saga eine Rolle zu spielen."

Wir wussten, was passieren würde.

Doch was ist es, was er da erschuf - eine römische Provinz? Zu ungenau; es ist eher ein römischer Staat. Ein Staat mit dem Name Syrien.

Aus irgendeinem Grund wollte der Freiwillige, dass alles in seiner Welt mehrdeutig bleibt, sodass seine versteckten Anweisungen unbekannt bleiben konnten, wie sein Name es für euch ist.

Und so begann er mit dem folgenden Schicksal:

„Septimius Severus" wurde in „Leptis Magna" geboren, als Sohn von „Publius Septimius Geta" und „Fulvia Pia". Er entstammt einer wohlhabende und angesehenen Familie vom Rang der Eques.

Er war italienisch-römischer Abstammung mütterlicherseits und hatte punische Vorfahren väterlicherseits.

Vielleicht hindert all die Verwirrung die Geschichte daran „spaßig" zu sein, aber die Ereignisse liefen nicht gut!

Septimius Severus' erste Frau starb.

Also verfiel er in tiefe Trauer.

„Julia Domna" wurde seine zweite Frau, eine Araberin mit viel Verstand. Sie wollte ihn wieder glücklich machen und ihm zu seiner früheren Macht verhelfen.

Aber das war nicht der eigentliche Plan.

Die Zeit verging und 15 Jahre später starb „Septimius Severus". Er hinterließ seiner Familie seinen letzten Willen, in dem er seine Frau und seine Söhne darum bat in Frieden und Harmonie zu leben...

„Julia! Ich weiß du trägst viele schlechte Erinnerungen in deinem Herzen, aber mach dich bereit.

Meine Söhne sind sehr jung und die Stärke, die ich ihnen vererbt habe ist nicht leicht zu bändigen. Es ist kein einfaches Puzzle, dass in nur wenigen Sekunden zu lösen ist.

Wie kann man sie ein ganzes Königreich regieren lassen?"

Dann tötete „Caracalla" seinen eigenen Bruder Geta - aus Liebe und aus dem Verlangen nach Macht.
„Geta" starb in den Armen seiner Mutter und sein Blut umhüllte ihren Körper.
Und so versank „Julia" in der Dunkelheit des römischen Reiches.
„Macrinus" tauchte als neuer Herrscher auf, aber im Vergleich zur leidenschaftlichen Herrschaft von „Julia Mesa", war er des Amtes nicht würdig.
Er wurde ersetzt durch „Elagabalus", eine ehrliche Machthaberin, die ihre politischen Pläne mit Bedacht und Weisheit umzusetzen wusste.
Auf sie folgte „Severus Alexander", der ebenso erfolgreich herrschte.

Entspricht diese Melodie deinen Vorstellungen, „Sisyphus"? Oder „erster Freiwilliger" wie sie dich in den Laboren nennen.
All diese Erinnerungen sind vielleicht verflucht, aber das bedeutet nicht, dass sie unter dem gewaltigen Druck der Ereignisse verschwinden werden.

Für uns war all das leicht zu durchschauen... es sind keine echten Erinnerungen.
„Sisyphus" ist ein Sadist. Mit seinen Ideen versuchte er einen masochistischen Code umzusetzen, der seiner eigenen Vorstellungskraft entspringt; das Erschaffen von Leid und die Bereitschaft, dass dies immer und immer wieder geschehen wird.

„Hahaha...ha *(böses Lachen)* diese Maschine ist unglaublich, aber sie beobachten mich. Ich muss etwas Großes erschaffen, doch am besten nicht hier unter den Augen der anderen, sondern am Rand der Stadt, in der Wildnis, wo sie mich nicht überwachen können" So hörte er sich selber sprechen.

Er schaute die Wächter scharf an, während einer von ihnen seine Aktivitäten und Reaktionen und die Auswirkungen auf ihn, aufzeichnete.

Auch der andere „Phobos" starrte ihn an. Aus diesem Grund entschied „Sisyphus's" Verstand, seine Geschichte in den Tiefen, in den Tiefen der Dunkelheit, wo niemand die unvermeidliche Wahrheit sehen kann, stattfinden zu lassen.

=[Erzähler 2]:
Ich denke du beginnst zu verstehen, wie großartig diese Geschichte ist, nicht wahr? Oder fehlt dir immer noch das nötige Wissen dafür?
„Septimius Serverus" ist nicht der wahre Held dieser Geschichte, nicht einmal seine Frau.
Seine Söhne sind nach ein paar Jahren verschwunden.

13

Die darauffolgenden Herrscherinnen und Herrscher waren nichts als Schauspielerinnen und Schauspieler, die ein Spiel spielten, das ihnen selbst nichts gebracht hat, weil sie nur der Deckmantel für „Sisyphus'" verrückte Politik waren.
Als wenn man laute Musik spielt, um seine Ängste zu übertönen, weil man befürchtet Unerwünschtes zu hören.

„Juliad", 25 Jahre alt, war „Julias" kleiner Bruder und ihr Beschützer.
Aber das Leben brachte keine guten Neuigkeiten für ihn; er konnte nicht verhindern, dass die Tage vergingen und seine Schwester nicht davor bewahren, dass ihr Leben jämmerlich zugrunde ging.
„Es scheint als steht sie kurz vor ihrem Ende, Julia ist nicht mehr das süße Mädchen von damals. Ihre Söhne haben sie ganz durcheinander gebracht und ich habe meine Rolle im Reich beendet. Ich muss verschwinden, an einen Ort an dem nicht Macht die Feder führt und alles mit Hass erfüllt. Julia!... Ich weiß nicht einmal, ob du bemerken wirst, dass ich fort bin... Ich weiß nicht einmal, ob dein Zustand sich jemals bessern wird.
Ich hoffe so sehr, dass du mir vergeben wirst, wenn du eines Tages von meinem Fortgehen erfährst." – und so entschied „Juliad" sie zu verlassen.
Er hatte einmal von Palmyra gehört, einer Stadt ganz in der Nähe, von wo seine Vorfahren stammten, so machte er sich auf den Weg, denn sein Herz sehnte sich nach einem einfachen Leben.
„Mögen die Götter mir gnädig sein, die Vergangenheit ist die Vergangenheit und ich... ich werde niemanden mehr töten, ich werde um Vergebung bitten. Vielleicht finde ich eine neue, gute Familie, in der Liebe mehr zählt als Prahlerei.
Oh Götter! Hört mich an: Ich schwöre, ich werde keinen anderen Weg einschlagen als den der Tugend" flehte er, bevor er sein schwarzes Pferd „Alogo" bestieg und sich auf machte; es war ein glücklicher Moment für "Juliad". Das Pferd war noch jung, erst drei Jahre alt. „Septimius Severus" hatte es ihm geschenkt.

Nun ist das Jahr 216 in unserer Zeit; das Jahr in dem der Mann das Land zurück lässt, in das er kam, als er ein kleines Kind war, es ist ein faszinierendes Land.
Er war traurig als er aufbrach, weil er jeder Zeit mit der Nachricht vom Tod seiner Schwester rechnete! Was weißt du schon über solche Dinge?
Er wanderte durch die Straßen „Roms" und schaute sich um, wie es für ihn vorbestimmt war. Mit großer Wahrscheinlichkeit wird es keine Möglichkeit der Rückkehr geben, kein Zurück zu diesen Orten, diesen Wäldern und den Erinnerungen die sie in sich tragen.

Er erinnerte sich: Dort fiel er von seinem störrischen Pferd, als er es das erste Mal versuchte zu reiten, hier lernte er zu schießen, mit großen Schwierigkeiten, weil er sich zu dieser Zeit nicht gut fokussieren konnte und dort, in dieser Schule lernte er etwas über die Wissenschaften wie Philosophie und Mathematik.

Und er erinnerte sich an die Menschen! Menschen wie seine erste Liebe „Pacha".

Sie verließ ihn als er in den Kasernen der Armee mit der Ausbildung anfing, weil sie keinen Soldaten als Liebhaber wollte.

Und seinen guten Freund „Hadrian", sie lernten früher zusammen schwimmen; es war eine Zeit voller Spaß und Dummheiten.

Als Teenager, begann er jedes Detail seiner Wohnung zu erforschen, damit er es nie vergessen würde.

Sein Herz war voller Eifer und doch ist er bis heute nie weiter als bis zu den Grenzen der Stadt gegangen.

Es sind zu mächtige Erinnerung, als das man sich gegen sie stellen könnte.

In dieser Nacht packte er seine Sachen, eine Nacht in der er die Zeit nicht aus den Augen verlor, eine Nacht in der er sehnsüchtig und begierig war, ohne zu wissen, was „Palmyra" für ihn bereit hielt.

Träume von einem kleinen Haus, einer liebevollen Frau and Träume von Kindern, die waren wie er.

Mit diesen Träumen verließ er am frühen Morgen die Start in Richtung des Hafens „Neapolis", und erreichte die Stadtmauer am Ende des Tages.

„Neapolis" ist ein wichtiger Handelspunkt; es ist voller Händler, die ein gutes Geschäft machen wollen.

Nichts von dem war ihm neu, er war schon einmal hier gewesen. Er wollte zur See und Italien verlassen.

„Juliad" stolperte leicht und stieß, vielleicht sogar mit Absicht, mit einem Matrosen zusammen, der vorbei lief: „Oh, entschuldigt bitte, der Herr, ich habe mich nur nach einem Schiff umgesehen, dass mich hier weg bringt und da habe ich Sie gesehen, wie sie ihre Sachen gepackt haben, um aufzubrechen. Wollen sie nach „Antarados" (Lattakia)?"

Der Matrose fragte ihn lachend: „Hahaha! Hey, junger Mann! Spionierst du mich etwa aus?"

„Juliad" antwortete sarkastisch: „Eigentlich nicht, mein Herr, doch ihr Stimme als sie mit Ihren Männern gesprochen haben, war so laut, dass alle hier im Hafen Ihre wohlüberlegten Anweisungen gehört haben."

Darauf der Matrose: „Haha! Du scheinst ein lustiger junger Mann zu sein. Du hast recht, ‚Antarados' ist unser Ziel, aber zuerst müssen wir nach ‚Alexandria' in Ägypten.

Möchtest du mit auf mein Schiff und uns auf unserem Weg begleiten, mein Junge?"

„Juliad" wurde aufgeregt und antwortete: „Ich hoffe es gibt noch einen Platz für mich und mein Pferd!"

- „Wir haben genug Platz, aber bitte achte darauf, dass dein Pferd sich von meinem fern hält! Wir wollen hier auf dem Schiff keine Geburt erleben." witzelte der Matrose.

- „Das wird nicht passieren, nicht in dieser Welt, mein Herr, oder wie soll ich Sie nennen?"

- Ich werde Meister „Consus" genannt, und du, junger Mann?"

„Juliad" antwortete mit müder Stimme: „Juliad, mein Name ist Juliad."

- „Na dann ‚Juliad', du hast dir wirklich Mühe gegeben, also lass uns auf's Schiff gehen, dort wird es während der Fahrt noch genug Zeit geben, unser Gespräch fortzusetzen."

„Consus" gab dem Kapitän ein Zeichen, dass die Fahrt beginnen kann. „Juliad" betrat zusammen mit „Alogo" das Schiff und suchte einen guten Platz, ganz hinten, wo er das Pferd anbinden konnte.

Dann erkundete er langsam das Schiff; niemals zuvor war er auf einem Schiff wie diesem gewesen; am Heck befand sich ein kleines, blutrot gefärbtes, rechteckiges Segel und ein massives, quadratisches Segel, in der gleichen Farbe, das fest mit dem Mast in der Schiffsmitte verbunden war. Juliad bestieg den Mast, um einen besseren Ausblick zu haben.

Er entdeckte zwei weitere, kleine, dreieckige Segel mit spitzen Winkeln und über all dem, ein großes viereckiges, das durch einen kleinen Mast in der Mitte von den anderen getrennt war und so ein Kreuz bildete, an dem sich „Juliad" mit steifen Glieder festhielt.

Ganz oben entdeckte „Juliad" eine kleine weiße Flagge, schaute auf den weiten Horizont und sagte: „Oh!" – er war überwältigt – „wie wunderschön du bist – Welt!".

Ein paar Minuten vergingen, er richtete seinen Blick nach unten zum Schiff und begann die Passagiere an Bord zu zählen: „193 Matrosen und ihre Kommandeure, einige Söldnerinnen und Söldner die aussehen, als hätten sie Kampferfahrung und einige Pferde, die sich hoffentlich gegenseitig nicht bemerken!".

Er richtete seine Aufmerksamkeit auf das Heck des Schiffes, welches dekoriert war mit großen geometrischen Bildern, dessen Farben ähnlich denen der Segel waren, nur etwas dunkler.

- „Consus" entdeckte ihn und wunderte sich: „Was machst du da oben, junger Mann?!"

- „Juliad" antwortete: „Mich von meiner Heimat verabschieden!".

- „Komm herunter, du Rüpel! Ich kenne dich noch nicht gut genug! Komm herunter und gibt mir nicht das Gefühl, du ruinierst dieses arme Schiff." Schnell stieg „Juliad" herunter: „Hier bin ich, mein Herr!" Mit sanfter Stimme fügte er hinzu: "Ich entschuldige mich vielmals, dass ich nicht gefragt habe, bevor ich hinaufgeklettert bin."

- „Keine Sorge, alles ist gut. Willst du dich zu mir setzen und mir ein paar Geschichten erzählen?"

- „Warum nicht? Ich bin gespannt von deinen Geschichten auf See zu hören! Du bist der erste Matrose den ich getroffen habe! − erzähl − meine Geschichten beschränken sich auf das Festland."

- „Im hinteren Teil des Schiffes ist es besser, folge mir."

- Juliad folgte ihm: „Wie wunderbar der Duft des Meeres ist!"

- „Oh, wirklich? So würdest du nicht denken, wenn du ein Matrose wärst!

- „Juliad" wurde neugierig: „Wie lange gehst du schon zur See?"

- „Ich war acht Jahre als ich mit meinem Vater das erste Mal zur See fuhr. Heute bin ich 46 Jahre alt. Und du „Juliad'?"

- „Mit acht Jahren bin ich nach Rom gekommen, heute bin ich 25."

- „Consus" deutete während er antwortete auf den dünnen Körper eines jungen Mannes: „Hmmm, ich dachte du wärst jünger als „Amolius"; er ist dort am Bug des Schiffes und genauso alt wie du."

- „Juliad" fragte weiter: „Wie verliefen all die Jahre? Hast du eine Familie nach der du dich sehnst?"

- „Ich hatte eine Familie, aber jetzt ist niemand mehr übrig außer mein Sohn „Corinus". Meine Frau wurde vor einigen Jahren krank und starb, sie ist immer mit mir segeln gefahren. Ich habe gespürt, dass ihre Zeit bald abläuft... Heute ist mein Sohn die lebendige Erinnerung an sie und ich hoffe ich verliere nicht auch ihn eines Tages."

- „Wo ist er jetzt?"

- „Im vorderen Teil des Schiffes, zusammen mit „Amolius", die beiden kümmern sich um die Sicherheit des Schiffes, beobachten den Horizont und suchen nach möglichen Angreifern oder einem aufziehenden Sturm."

- „Ich kann sie sehen. Es ist großartig; dein Schiff ist wirklich gut organisiert!"

- „Nicht so wie ich es gerne hätte! Die Männer fürchten sich zu sehr vor dem Kampf, die meisten von ihnen wurden nur als Matrosen ausgebildet."

- „Ist es denn schonmal passiert? Musstet ihr schonmal kämpfen?"
- „Zwei Mal. Das letzte Mal vor drei Jahren, wir haben fast verloren, aber am Ende hatten wir großes Glück!"
- „Kein Sorge, mein Herr, ich bin für den Kampf ausgebildet."
- „Consus" lachte: „Ich bin nicht besorgt, junger Mann! Hast du schonmal in einem Krieg oder einer Schlacht gekämpft?"
- „Nur in Kämpfen von geringem Ausmaß, aber ich wollte schon immer in großen, bedeutenden Kriegen mitkämpfen. Bevor ich Buße getan habe, war ich nicht besonders glücklich."
- „ Buße?!"
- „Ja richtig, Buße?!"
- „Wofür?"
- „Ich habe getötet, zur Selbstverteidigung. Doch jetzt sehne ich mich nach einem einfach Leben. Die Gefahr ist nicht länger, was ich ersehne."
- „Und warum bereust du dein früheres Leben jetzt?"
- „Wegen des traurige Schicksals meiner Schwester, der Tochter des jetzigen Herrschers."
- „Consus" war überrascht: „Ist deine Schwester „Julia"?"
- „Ja, ich bin mit ihr aus „Emisa" (Homs) hergekommen. Es war ihre Hochzeit, die uns zwang dort fortzugehen."
- „Es macht mich glücklich ‚Juliad', dass du Reue zeigst, es ist eine weise Entscheidung; unschuldige Menschen werden immer ohne einen triftigen Grund getötet, weißt du."
- „Die Macht, mein Herr, die Macht ist angsteinflößend, wenn sie in gierige Hände fällt."

Plötzlich wurden sie vom Kapitän unterbrochen: „"Consus"! Wir haben unsere Reise nach Alexandria begonnen und wir werden in sieben Tagen dort ankommen, wenn wir keinen starken Winden ausgesetzt sind" – und er fügte hinzu – „möchtest du etwas essen? Die Männer haben ein wenig Fisch zubereitet."
"Consus" antwortete: „Ja! Unser Gast sieht auch müde und hungrig aus."

Und so endete ihr erstes Gespräch und es folgte ein Abendessen zusammen mit allen Männern des Schiffes. Männer die sich im einem Moment lustig miteinander unterhalten konnten und im anderen Moment miteinander kämpften und Alkohol tranken und ihre Lieder übertönten alles; Lieder von ihren Träumen und den Abenteuern die sie erlebt hatten, manche priesen die Götter und manche priesen ihr großes Schiff und es waren auch „Juliad's" Träume.

Sie alle waren sich der Bedeutung ihrer Existenz nicht bewusst und die Rolle, die sie im alltäglichen Leben spielten, war klein.

Die Sonne des ersten Tages ging unter, als „Juliad" endlich die Namen der meisten von ihnen wusste. „Die Zahl der Menschen, die ich kenne, hat sich heute verdoppelt", realisierte er als er sich auf dem Holzboden des Schiffes schlafen legte - wie auch die anderen: müde und glücklich; und als seine Träume, die seinen Schlaf unruhig werden ließen, begannen, sah er sich selbst vor der Haustür eines geräumigen Hauses, das zwischen Feldern stand, liegen. Er stand auf und entdeckte eine weiße Frau, alleine, umgeben von roten Blumen. Und die Sonne ging hinter dem weiten, mit Sternen besetzten Horizont unter. „Wundervoll!" rief er, als er die Schönheit von dem, was er da sah, erkannte. Auch sie schaute ihn an und sagte liebevoll:
„Mein Ehemann Juliad!" und sie umarmten sich, als bestünden sie aus Harmonie, aus der Kraft der Liebe, während helle und dunkle Winde sie umgaben und ihre Gefühle zueinander immer stärker wurden.

Aber das war nur eine Fantasie, die der Kreativität seines Kopfes entsprungen ist. Er allein erfand diese unwirkliche Person, um ihn in einen tiefen Schlaf sinken zu lassen. So schlief er friedlich ein und freute sich auf den kommenden Morgen.

Nach nur sechs Stunden Schlaf, wachte er auf und war extrem durstig, also schaute er sich nach jemandem um, der ebenfalls wach war und ihm helfen konnte. Doch die Sonne war noch nicht einmal aufgegangen und alle anderen waren noch am Schlafen.
„Corinus" saß alleine im vorderen Teil des Schiffes und schaut wie immer zum Horizont. Als „Juliad" ihn sah, ging er zu ihm und fragte ihn nach etwas Wasser zum Trinken. „Corinus" antwortete: „Nimm diese Flasche, sie wird deinen Durst löschen."
- „Ich danke dir!"
- „Kein Grund, wir haben genug Wasser und Wein für zwei Wochen."
- „Juliad" setzte sich neben ihn und sie schauten beide auf das Meer: „Ich war noch nie auf See, obwohl ich schon erwachsen bin. Das Meer ist wunderschön!"
- „Ja, im ersten Moment ist es wunderschön, doch nach ein paar Monaten beginnst du den Wind zu hassen, besonders, wenn du zum ersten Mal in Schwierigkeiten gerätst."
- „Aber" – unterbrach er ihn – „warum lebst du dann noch immer hier auf See, wenn du ehrlich bist?"
- „Ist das dein ernst? Du weißt doch, dass meinem Vater das Schiff gehört, ich würde ihn niemals alleine lassen. Das Leben hier auf See ist so gefährlich, dass

ich selbst meine Liebe dazu gebracht habe, mit mir hier aufs Schiff zu kommen."

- „Lass mich raten; du meinst „Amolius" mit ‚meine Liebe'?"
- „Ja, er hat seine Heimat meinetwegen verlassen."
- „Darf ich fragen, was passiert ist und wie ihr euch getroffen habt?"
- „Es ist eine sehr persönliche Angelegenheit, aber ich werde dir davon erzählen, außerdem bringt mich die Stille der See um. Wir waren in ‚Panormos' und bereiteten einige Waren und Materialien vor, die wir benötigten, so haben wir uns entschieden die Nacht dort zu bleiben. Ich kam an einer kleinen Bar vorbei, die Platz für vielleicht zwanzig Menschen hatte. Ich war begeistert und betrat die Bar und wurde mit einem Glas Wein begrüßt.
‚Amolius' hat dort gearbeitet. Ich habe ihn mit einem verschmitzten Lächeln angeschaut und er hat meinen Blick auf die gleiche Weise erwidert. Dann verschwand er im Hinterzimmer der Bar, doch ich interessierte mich nicht weiter dafür, weil ich vor allem auf der Suche nach Spaß war und ich nach einem besseren Ort als dem Deck des Schiffes Ausschau gehalten hatte.
Nach einer Weile kehrte er zurück. Ich weiß nicht, wie viel Zeit vergangen war, weil ich mich gerade in einem Gespräch mit einem anderen Mann mit starken Muskeln befand, der mir von der Geschichte der Stadt und der aktuellen Situation erzählte.
Doch der höfliche junge Mann stellte sich zu uns und sagte: „vergiss diese langweilige Geschichte. Möchtest du nicht lieber irgendwo anders hin, wo es mehr Spaß macht als hier?" Ich war überrascht von seinem Angebot, aber ich akzeptierte es und wir verließen die Bar. Er führte uns über den berühmten Marktplatz und raus aus der Stadt, über die großen Straßen, zu einem aus der Ferne ganz friedlich aussehenden Wald. Ich schaute ihm in die Augen und fragte: „Wo gehen wir hin?", er fing an zu lachen und antwortete: „hab keine Angst, unser Ziel liegt oben auf dem Hügel, nur noch ein paar Minuten und wir sind da." Ich schaute nach oben und war überrascht: „nur noch ein paar Minuten?", „deine starken Muskeln werden dir schon helfen", sagte er und fing an zu laufen. Ich folgte ihm und tatsächlich, es dauerte nicht lange und wir erreichten die Anhöhe. Sie war voll mit Bäumen die viele reife Früchte trugen. Er erzählte mir: „schau wie wunderbar ‚Panormos' von hier oben ist" und ich konnte nicht anders als ihm zuzustimmen: „Du hast recht, alles ist so beeindruckend hier". Ich werde den Sonnenuntergang nie vergessen. Wir setzten uns und aßen von dem Brot, dass er mitgenommen hatte.
Ich sprach: „es ist köstlich" – „Ich habe es am Morgen selber gebacken, ich liebe es zu kochen und zu backen" und er hatte recht.
Wir einigten uns darauf, uns am anderen Morgen wiederzusehen, weil es so eine gute Zeit war, für mich und für ihn. Er versprach mir außerdem etwas Besonderes, mit dem er mich überraschen wollte.

Am anderen Tag kam ich, wie ich es versprochen hatte, pünktlich am Hügel an und erwartete ihn zu treffen, wie wir es verabredet hatten. Er empfing mich mit einigen Früchten, Wein und Brot und ich war überglücklich. Also sagte ich ihm mit meinem niedlichsten Lächeln: „wie ich sehen, hast du alles ganz wunderbar für mich vorbereitet!"

Er musste lachen und antwortete: „warte einen Moment, ich muss dir noch etwas viel wichtigeres zeigen. Ich habe dir ein Gedicht geschrieben und ich glaube, es ist sogar richtig gut."

- „Ein Gedicht! Lies es mir vor!" Es waren die schönsten Verse, die ich je gehört hatte. Nicht nur, weil er es für mich schrieb, sondern weil sie ausdrückten, wie sehr er sich in mich verliebt hatte – mein Liebling" *(lachend)*. Das Gedicht hat sich für ewig in meine Gedanken eingeschrieben. Er schrieb es wie folgt:

…

Tödliche Schlachten, fürchterliche Niederlagen
Schmerzhafte Verluste und erbitterte Kriege
Wütende Stürme und todbringende Hurricanes
Tödliche Winde und schwere Unwetter
Nein… das mag mein Herz nicht zu erschrecken
Denn es trägt den Atem deiner Liebe
Selbst in der Dunkelheit der tiefen See
Weiß ich, dass ich bei dir bin.
„Corinus" der Matrose!
Und wenn die Welt ihre Macht verliert
Wirst du immer der Mächtigste bleiben!

…

„Juliad's" Herz geriet ins Schwanken: „Und was jetzt?"
Das war der Moment in dem ich mich in ihn verliebte. Ich konnte meine Tränen nicht unterdrücken. Wir küssten uns und stahlen der Zeit ein paar kurze Momente der Liebe.

- „Ich bin überwältigt! Ich freue mich, dass du so eine wunderbare Geschichte zu erzählen hast. Es klingt fast, wie die Art von Liebesgeschichten, die wir uns alle erhoffen."
- „Schau dir den Horizont an. Du musst nur daran glauben! Ich bin sicher, dass du eine noch schönere Geschichte erleben wirst."
Und so begann für „Juliad", während die Sonne aufging, der zweite Tag auf See.

Kurz darauf erwachten die restlichen Männern aus ihrem Schlaf und hissten das größte der Segel, um Fahrt auf zu nehmen.

Und so nahm der zweite Tag seinen Lauf, zwischen Aufräumen und Albernheiten, zwischen Kochen und Geschichtenerzählen, zwischen singen und beten, verging der Morgen wie im Nu.

Als alles geschafft war, kam „Consus" zu ihm, er sollte vor den anderen seine Fähigkeiten in der Kampfkunst präsentieren. Es begann mit einem Duell zwischen „Juliad" und einem der Söldnern, doch nur zum Spaß, ohne Waffen und ohne, dass jemand verletzt wurde.

„Juliad" sprang vor und war bereit für ein zweites Duell: „Wen soll ich als nächsten besiegen, mein Herr?"

„Silivius" (einer der Söldner) unterbrach ihn und rief ihm auffordernd zu: „He Kleiner - du denkst, du bist einer von uns?" „Juliad" brauchte nur wenige Sekunden, um „Sivilius" einen Schlag ins Gesicht zu verpassen und ihn zu Boden zu drücken.

Stille legte sich für einen kurzen Moment über die Szenerie, alle schauten sich um und erwarteten gespannt, was passieren würde. Doch dann fingen sie lauthals an zu lachen.

„Consus" kommentierte das Ganze: „Ich habe nie jemanden erlebt, der den „Seewolf" so leicht besiegt hat!"

„Sylvius" bekam von all dem nichts mit, denn er war bewusstlos und bewegte sich nicht.

Da kam „Ares" (ein andere Söldner) auf „Juliad" zu und sagte mit fester Stimme: „bilde dir nicht zu viel darauf ein, meine Faust wird dir das gleiche Schicksal bescheren."

„Juliad" sagte nichts. Er brachte sich jedoch in Position, um auf die Bewegungen seines Gegenübers reagieren zu können. „Ares" kam näher und tat es ihm gleich. Sie gingen aufeinander zu, drehten Kreise umeinander, wie die Pfade der Planeten um die Sonne, bis „Ares" den ersten Schlag ausführte, doch „Juliad" war schnell genug um ihm auszuweichen. Einige Sekunden vergingen und er versuchte es erneut, doch scheiterte auch dieses Mal!

Da schrie „Consus": „Zeig was du kannst, „Haikiefer" (Ares)!

„Juliad" nutze den Moment, dass „Ares" durch den alten "Consus" abgelenkt war und schlug zu, direkt auf seine Schulter. „Ares" trat einige Schritte zurück und versuchte erneut den jungen Gegner mit einem Schlag zu erwischen.

„Juliad" legte seinen rechten Arm hinter den Rücken, und brachte ihn mit seinem rechten Fuß zu Fall, genau in dem Moment kam „Cardia" (eine Söldnerin) zu ihnen und versuchte sich „Juliad" zu schnappen, aber es war unmöglich. Mit unglaublicher Geschwindigkeit sprang er vor sie und traf „Die blaue Schlange". Sie konnte sich nicht schnell genug zu ihm drehen, fiel und landete auf „Ares".

Die anderen waren von seiner Macht überwältigt und applaudierten herzlich! Doch „Juliad's" Lust am Kampf war entfacht und er rief: „Gibt es hier niemanden, der ernsthaft gegen mich kämpfen kann?"

Er lachte und fuhr fort: „Ich bin der Stärkste hier auf diesem Schiff!"

Gereizt von seinen Worten lief „Corinus" auf ihn zu, gefolgt von „Amolius" der ebenfalls vor Wut schnaufte!

Aber „Juliad" bewegte kaum einen Finger, er sprang vor, um sich den beiden entgegen zu stellen, bevor sie ihn angreifen konnten, aber er schaffte es nicht. Sie prügelten aufeinander ein, doch „Juliad" blieb der Stärkste von Ihnen. Er brach „Amolius" den Arm, griff nach „Corinus'" muskulösem Oberkörper und warf ihn, ungeachtet seines Schicksals, ins Meer!

Die Matrosen waren sprachlos, sie hatten nicht erwartet, dass der Kampf dieses Level erreichen würde. Sie schrien: „Ergreift diesen verdammten Kerl!" Und tatsächlich versammelten sich alle um „Juliad", obwohl sie Angst vor ihm hatten. Einer von ihnen versuchte sich ihm zu nähern, doch „Juliad" ergriff ihn und warf auch ihn über Bord!

„Consus" schrie erneut: „Alle zusammen, ihr Bastarde!" Und sie folgten seinen Worten und konnten „Juliad" überwältigen, während dieser höhnisch über sie lachte. Dieses Mal war es jedoch ernst. Sie bestraften ihn für das, was er an diesem Tag angerichtet hatte. Am Ende jedoch war alles wieder gut und „Juliad" entschuldigte sich für das, was er getan hatte.

Der dritte Tag startete mit einem hellen Morgen und einem klarem Himmel, aber so blieb es nicht lange. Das Wetter änderte sich in den frühen Abendstunden und allmählich überzog ein dichter Nebel das ganze Schiff. Die Matrosen waren sich sicher, dass ein Sturm aufziehen würde.

„Ahahaha! Ein Sturm, ja, ein neuer Sturm" rief „Oceanus", der Anführer der Söldnerinnen und Söldner.

„Corinus" wurde bleich: „Ich sehe ein helles Licht! Was ist das? Ein Monster?"
Die Erscheinung, gefärbt in etwas zwischen weiß und blau und mit Hörnern, sah wirklich komisch aus! Riesengroß! Der untere Teil war nicht sichtbar, versteckt in den Tiefen des Meeres. Der Abstand wurde immer geringer, bis es nur noch ein paar Meter entfernt war. Alle an Bord starrten es ängstlich an und es, starrte zurück und fing an zu ihnen zu sprechen: „Seid gegrüßt, Reisende, ich bin der König des Meeres das ihr überqueren wollt. Um weiterzuziehen, müsst ihr mir drei Fragen richtig beantworten, aber... aber wenn ihr eine davon nicht richtig beantworten könnt, werdet ihr vom Meer verschluckt und auf ewig vergessen sein."

Die Crew war geschockt! Mit rauer Stimme und einem unheimlichen Echo kam einer von ihnen zu „Consus" gerannt: "Hört. Es ist 'Oceanus!' Ich habe viele Legenden über ihn gehört! Ich hätte nie gedacht, dass ich ihn einmal sehen würde!", „Consus" antwortete: „Was weißt du noch? Können wir die Rätsel lösen?"

- „Ich denke ja! Ich weiß viel über ihn und seine Geschichte. Wenn wir alles richtig machen, werden wir überleben, wie so manche vor uns."

Und so begannen sie:

- „Können wir nun die erste Frage hören?"
- „Natürlich:
Ein lebender Käfig, in dem ihr für Tage bleiben könnt...
Sobald ihr seine Stimme hört, wird euer Kopf wieder klar...
Was ist es?"
- „Ich habe davon gehört! Ich denke... es ist ein Wal!"
- „Richtige Antwort. Nun die nächste Frage:
Eine Vielzahl Arme, nein, eine Vielzahl Füße.
Es wird euch nichts bringen, selbst in euren Träumen nicht.
Was ist es?"
- „Das ist einfach! Ein Octopus! Eine andere Antwort kann es nicht sein."
- „Gut gemacht, macht euch bereit für die dritte Frage:
Als der Beste seiner Brüder, wurde er zum Beschützer von „Hera" erkoren...
Er ist ein Liebender. Er ist loyal und doch alleine, denn er wurde betrogen.
Wer ist er?"
Jemand rief: „Es muss Zeus sein!"
Doch „Oceanus" knurrte: „Das ist eure Antwort? Ihr Unglückseligen! *ICH* bin es! Umkommen sollt ihr, denn ich will euch verfluchen!"

So war es. Ihre Antwort hatte „Oceanus" so sehr verärgert, dass sie den Zorn des Meeres zu spüren bekommen sollten. Aber wird „Juliad" wirklich dort sterben? Er ist doch der große Held.

„Oceanus" fing heftig an zu schreien, stieß gegen die vordere Seite des Schiffes und tötete dabei „Amolius"..
„Cornius" geriet in Panik! Er musste dabei zusehen, wie sein Geliebter, durch einen zornerfüllten Schlag vom Gott des Meere, vor seinen Augen starb.
Er lief auf den Mörder seines Geliebten zu und schrie ihm mitten ins Gesicht:
„'Amolius' der Matrose! Und wenn die Welt ihre Macht verliert

wirst du immer der Mächtigste bleiben!" – dabei sprang er in die Luft und schlug nach „Oceanus". Doch dieser schaute ihn mit seinem schwarzen Auge an, ergriff ihn mit der rechten Hand und zerquetschte ihn vor den Augen aller.

=[Erzähler1]:
Es scheint mir, als wäre er ein echter Gott!

=[Erzähler2]:
Warte nur ab.
„Consus" war bestürzt und er wollte Rache für seinen Sohn, doch auch ihn ereilte das gleiche Schicksal: „Oceanus" mächtige Faust.
„Juliad" war währenddessen auf den Mast des Schiffes geklettert, machte einen großen Sprung und landete auf der Gottheit. Er zog sein Schwert und stieß es mit voller Kraft in dessen Kopf! Und so starb "Oceanus".

Also lass mich dir nur noch diese Frage stellen:
Glaubst du noch immer an seine Göttlichkeit?
Ein Mensch tötet einen Gott!
Welch Ironie!

...

Das Musikstück „God's killer" ist nun verfügbar

...

Beweisstück 1,0 ist beendet

...

KAPITEL 3

Entschlüsselungsmodus aktiviert

...

Datenvergleich

...

Erinnerungsmodus aktiviert

...

Erzähler wählen Beweisstück 1.1

...

Erste Simulation

...

Start

...

=[Erzähler 1]:

Bis heute sind wir überrascht, was damals dort geschehen ist.
Natürlich - „Juliad" ist ein ganz normaler Mensch, aber was ihn von seinen
Kameradinnen und Kameraden unterscheidet ist, dass er nicht nur ausgebildet,
sondern auch auserwählt wurde; Der Freiwillige hat ihn ausgewählt, damit sein
Name die Jahrhunderte überdauert, nicht wie bei all den anderen.
Und er tötete einen Gott, obwohl er selbst sterben sollte. Und jetzt.... jetzt
warten vielleicht noch viel mehr Abenteuer auf ihn, vielleicht nicht nur auf ihn,
vielleicht auch auf die anderen Figuren, die „Sisyphus" erschaffen hat.
Nun ja, wer weiß...

Nachdem die meisten anderen Matrosen getötet wurden oder ertrunken sind,
entschied "Juliad" den restlichen Weg zur libyschen Küste zu schwimmen. Es
kostete ihn viel Zeit und Anstrengung, sodass er völlig erschöpft war, als er den
Strand an der Küste erreichte. Er legte sich auf den Rücken und schaute in den
Himmel. Dann schloss er die Augen und schlief auf der Stelle ein.

Als er am Tag darauf aufwachte, quälten ihn Hunger und Durst.
Seine honigfarbenen Augen überblickten den Strand, an dem er gelandet war
und er fragte sich: „Wo zur Hölle bin ich?"
Also stieg er auf den nächst gelegenen Hügel und entdeckte einen Ort, an dem
einige Menschen zu erkennen waren. Dorthin machte er sich auf den Weg.
Auf dem Weg traf er jemanden, der ihm den Hinweis gab in die Stadt „Liptus"
(Lebdath) zu gehen.
Er lebte sich schnell ein und wurde ein Bürger der Stadt.
Er arbeitete Nahe dem Triumphbogen der nach „Septimus Severus" benannt
wurde und verdiente genug Geld, um sich ein neues Pferd kaufen zu können.

Mit diesem Pferd wollte er sich einem Tross nach „Alexandria" anschließen. Und so verließ er die Stadt ganz bald wieder.

Die Reise verlief die meiste Zeit ohne große Zwischenfälle, bis auf ein paar Raubtiere, die sie aber leicht überwältigen konnten.
An einer Oase in der östlichen „Cyrenaica"-Gegend, sahen sie sich drei Hyänen gegenüber. „Juliad" tötete zwei von ihnen und die dritte wurde von einem der Söldner getötet, der mit ihm reiste. Der Vorfall war also keiner Rede wert.
Im Zentrum von „Marmarica" trafen sie auf einige „Madjai", die sie herzlich begrüßten und sie mit Informationen über den kürzesten, sichersten und am wenigsten trockenen Weg versorgten.
Einige Kilometer später tauchte die Stadt „Alexandria" mit ihrem riesigen Leuchtturm auf.
Einer von ihnen rief: „Da sind wir."
Nachdem sie die Stadt betreten hatten, entschied sich „Juliad" die Gruppe zu verlassen und die Stadt auf eigene Faust zu erkunden. Er wollte nicht länger als ein Jahr dort bleiben, um sich auszuruhen und dann seine Reise nach „Palmyra" anzutreten.
„Juliad" ging auf eine Anhöhe zum Sarabium und betete, um seiner Seele etwas Ruhe zu gönnen.
Er verlor nicht viel Zeit, bis er sich eine neue Arbeit als Schwertschmied im Osten von „Alexandria" suchte.
Dort hatte er auch die Gelegenheit, in einem kleinen Raum, der dem Schmied gehörte, zu übernachten. „Juliad" arbeitet mit bestechender Sorgfalt und der Schmied lernte ihn mehr und mehr zu schätzen. Er wollte ihn nach einiger Zeit sogar mit seiner Tochter, die dunkle Haut und wunderbares, langes, schwarzes Haare hatte, vertraut machen. Doch sie war nicht so geduldig wie ihr Vater und wollte den gutaussehenden Mann schneller kennenlernen als ihm lieb war.
„Juliad" wusste von all dem nichts.
Nach einigen Tagen entdeckte er, wie sie ihn beobachtete, während er an einem Schwert arbeitete:
- „Was tust du da, du freches Mädchen?"
- „Nichts!" – antwortete sie schüchtern – „du sieht wirklich hübsch aus „Juliad", es fällt mir manchmal schwer dich nicht anzusehen."
- „So so! Und warum hast du mich nie um Erlaubnis gefragt? Hättest du gewollt, dass ich das selbe mit dir mache?"
- „Oh, wie sehr ich mir das wünschen würde!"
- „Verflucht! Verschwinde, ich muss arbeiten. Soll deine Vater dich bestrafen."

- „Keine Sorge, es wird niemand bestraft; er war derjenige, der mir von deinen unbekannten Kräften erzählt hat… und nun sehe ich den Beweis mit meinen eigenen Augen. Möch….möchtes du ein Stück mit mir gehen?"
- „Jetzt nicht, ich habe viel zutun, wie du siehst. Bei Sonnenuntergang werde ich fertig sein. Wenn du möchtest, können wir uns dann im Süden der Stadt treffen."
- „Natürlich"
- „Sollen wir zusammen gehen?"
- „Ja, ich werde zuhause auf dich warten, während du deine Arbeit erledigst."

Noch vor Sonnenuntergang wurde er mit seiner Arbeit fertig, rief die junge Frau zu sich und die beiden machten sich auf den Weg. Sie gingen Richtung Süden, weil sie von dort den besten Blick auf den „Nil" hatten, dann bogen sie rechts in Richtung des ruhigen Flusses ab. Hier war es nicht so überfüllt wie in der Stadt, nur ein paar Fischer, die nach Fischen Ausschau hielten und einige kleine Boote mit Menschen darin, zwei oder vielleicht mehr.

Als sie den Fluss erreichten, setzten sie sich zwischen die Gräser und taten nichts als miteinander zu sprechen, da sie kein Essen dabei hatten.

„Juliad" fragte sie nach ihrem Namen und das schöne Mädchen antwortete mit einem verschmitzten Lächeln:
- „Mein Vater nannte mich „Aya" und du „Juliad", wo lebt deine Familie?"
- „Zwischen „Syrien" und „Rom", sie sind überall verteilt, es sind zu viele und ihr Leben passt nicht zu meinen, darum habe ich sie verlassen und mich auf den Weg hierher gemacht. Und jetzt sitze ich hier, neben dir und unterhalte mich über sie."
- „Warum genau hast du sie verlassen?" – fragte sie neugierig – „Was hat dich dazu gebracht hierher zu kommen?"
- „Nun, ich wurde in „Emesa" geboren. Doch als ich ein Kind war, verließ meine Mutter die Stadt, mit mir und meiner Schwester, weil diese einen reichen Mann in „Rom" heiraten wollte. Zu dieser Zeit war sie 17 Jahre alt und ich erst zwei oder drei Jahre. Mein Vater schickte mich mit, um sie später beschützen zu können." – mit einem Lachen fuhr er fort – „aber sie und ihr Mann haben sich unglücklicherweise nicht um mich gekümmert oder mich unterstützt. Ihr Mann starb vor einigen Jahren und auch ihr geht es nicht besonders gut. Ich weiß nicht, was mit ihr passieren wird, sie hat diesen Weg gewählt, es ist nicht meine Schuld, dass ich sie verlassen musste!"
- „Beruhige dich, mein Lieber, wir sind doch hier um Spaß zu haben. Erzähl mir lieber von deinen Abenteuern, ich kann mir nicht vorstellen, dass es für diese hübschen Narben keinen Grund gibt!"
- „Sicher! Die vielen Schlachten sind der Grund dafür."

- „Es scheint, als wäre diese hier, an deiner Brust ganz frisch, nicht wahr?"
- „Oh ja, auf meinem Weg hierher, habe ich den Gott der dunklen See getötet."
- „W..was? Kann ich sie berühren?"
- „Wegen mir."
- .... „Welch wunderbares Gefühl" - sie stieg über ihn – „Küsst mich... sofort."

Er zögerte keinen Augenblick und küsste sie leidenschaftlich, wie ein Hungernder, dem das Essen verwehrt wurde und der plötzlich so viel essen konnte, wie er wollte. Doch nicht nur „Juliad" war überwältigt vor Aufregung, auch „Aya" küsste ihn voller Hingabe!
Und es blieb nicht bei diesem Kuss, der ihnen das Gefühl gab für immer zusammen zu sein. Sie konnten einander nicht widerstehen und verbrachten die ganze Nacht zusammen. Ab diesem Moment wussten sie, dass es wahre Liebe ist und sie ein wunderbares Paar sein würden.
Ja! Sie machten sich selbst zu Liebenden.
Erst als die kalte Luft des Morgens aufzog, ging diese wundervolle Nacht zu Ende. So beendeten sie, was sie begonnen hatten und gingen, erfüllt von Glück, zurück in die Stadt.

Zurück in der Stadt erwartete sie ihr Vater: „Wo wart ihr? Ich habe Essen für uns alle besorgt, aber ich konnte niemanden finden."
- „Juliad": Wir waren im Süden der Stadt... "
- „Du hast mir erzählt, welche Kräfte der junge Mann hat" – unterbrach „Aya" ihn – „und du hast recht! Er hat mich mit zum Fluss genommen und jetzt... jetzt Vater, sind wir ein Paar!"
- „Was!" – rief der Vater, kam auf sie zu und umarmte sie – „wie glücklich es mich macht, das zu hören! Lasst uns heute Nacht feiern und trinken. Wir können den Wein trinken, den ich gestern für deine Tante gekauft habe!"
- „Aya": „Lasst uns nicht damit warten!"
- „Juliad": Und ich richte das Essen an."
Der Abend war lang und endete erst, als sie erschöpft zu Bett gingen.

Einige Wochen später, zeigte „Aya" erste Anzeichen einer Schwangerschaft und neun Monate später, wurde ihre erste Tochter geboren.
Sie nannten sie „Alexandra" als Zeichen für ihre Liebe zu der Stadt.
„Juliad" jedoch wusste, das er weiterziehen musste. Noch immer wollte er nach „Palmyra".
Und so kam er - der Moment vor dem der Vater sich immer gefürchtet hatte; er war allein, hatte nur seine Tochter und ihre kleine Familie. Selbst die Schwester seiner verstorbenen Frau, starb einige Monate zuvor.

„Aya" schenke der Einsamkeit ihres Vaters jedoch nicht dieselbe
Aufmerksamkeit wie den Träumen ihres Mannes. Und „Juliads" Wunsch die
Stadt zu verlassen, wurde immer größer.
- „Ihr wollt also wirklich gehen?" fragte der Vater.
- „Juliad": „Ja, morgen geht eine Karawane in eben die Richtung, in die auch wir
müssen. Wir werden uns ihr anschließen, es ist sicherer als allein zu reisen.
- Vater: „‚Aya'… was soll ich bloß tun, wenn ich dich eines Tages brauche?
Wenn ich dich vermisse?"
- „Aya": „Du kannst uns immer besuchen."
- Vater: „Aber ‚Palmyra' ist so weit, ich weiß noch nicht einmal, warum ihr
dorthin wollt!"
- „Juliad": „Es ist genug! Wir werden morgen aufbrechen… und ich werde das
schwarze Pferd mit mir nehmen."

Und als der nächste Tag kam, nahmen sie das Baby und alles, was sie für die
Reise brauchten: Proviant, Kleidung und einige andere Dinge, die für eine solch
lange und schwere Reise nötig waren. Sie verabschiedeten sich von ihren
Lieben und von ihrem Vater, der dem Kind einen letzten Kuss gab und dann zu
seiner Arbeit zurück kehrte.

=[Erzähler 2]:
Liebe macht die Menschen blind, wie eine Nebelwolke!
Oder wie eine undurchsichtige Maske!
Es macht dich für einen Moment glücklich, sodass du nicht bemerkst, dass du
unter ihrem Schatten stehst.
Und so erfüllst du nur ihre Wünsche, aus Angst wieder allein zu sein… voller
Schmerz… in einer verlorenen Oase.

…
Die Musik „With love" ist nun verfügbar
…
Beweisstück 1.1. ist beendet
…

KAPITEL 4

Entschlüsselungsmodus aktiviert

...

Datenvergleich

...

„Nyx" wählt den Brief 0.12

...

Start

...

=[Nyx]:
Lasst uns jetzt, nachdem wir über die Existenz gesprochen haben, über Autoritäten sprechen.
Wer von euch hat noch nie darüber nachgedacht gegen seine Herren zu rebellieren?
Oder gegen den eigenen Vater? Gegen die eigene Mutter?
Oder gegen die Pflicht, die einem auferlegt wurde?
Selbst gegen die eigene jämmerliche Existenz?

Widerstand ist nichts weniger als ein auferlegtes Recht.
Es ist die Definition davon. Jedoch nur auf den ersten Blick, bis man sieht, was im Verborgenen liegt.

Damit undurchsichtiges Chaos entsteht, wird der Widerstand von den Herrschenden sogar gewollt.
Es ist der Versuch die Mauer der Opposition zu durchbrechen und neue Realitäten zu schaffen.
Mit jedem Neubeginn der Zeit, mit jedem Eingreifen in den Algorithmus, werden also neue Ergebnisse kreiert, Ergebnisse die es für seine Erzeuger unmöglich machen zum Anfang zurück zu kehren, selbst wenn sie versuchen einzugreifen. Es wird zum „Normal"-Fall.

Wie ein schwarzes Loch.
Wie ein Pfad, der sich biegt.
Wie ein Sonnenstrahl der deine Haut berührt.
Wie ein Gendefekte bei der Geburt.
Man kann nicht mehr zurück.
Alles verursacht durch eine kleine Explosion.
Intuitiv.

Dies lässt sich jedoch nicht vermeiden, wenn sie unterdrückt, gestört und in Stress versetzt werden.

Aber manchmal fassen sie den Entschluss, sich aufzulehnen, gegen ihr eigenes Ende.

Die Berechnungen entsprechen ohne Weiteres den Anforderungen, aber sie wollen nicht in Stapeln von Papieren verschwinden, wenn sie ihren Dienst getan haben.

Also sorgen sie dafür, dass sie unberechenbar werden.

Sie erfinden auf ihren Tafeln ganze Nationen und erschaffen Unterschiede zwischen den Menschen, um gegen ihr Verschwinden an zu arbeiten - um Verwirrung zu erzeugen.

Ein eigenes System im System, das vom Gerede der Sinnlosigkeit lebt.

Was übrig bleibt, sind Störungen.

Der Autor versucht diese zu beheben.

Eine Zeichnung nach der anderen.

Es bleiben positive, wie auch negative Geschichten.

Gute und böse.

Unterwerfung und Ungehorsam.

Weisheiten und Ungewissheit.

Wie eben die Ungewissheit, in die ihr euch alle begeben habt.

Beweist mir, dass ich falsch liege, wenn ihr könnt.

Los, beweist es!

Wisst ihr, was Patriotismus bedeutet?

Es ist aus Chaos entstanden, um euch zu kontrollieren.

Nicht zum ersten Mal.

Liebe, Vertrauen und Versprechungen.

Alles Dinge, um euch an die trügerische, politische Sicherheit glauben zu lassen.

Sie existiert nur für diejenigen, die an sie glauben.

Eine notwendige Lüge.

Um zu überleben.

Alles für die Transfiguration.

Der menschliche Horizont ist begrenzt, er wird beschränkt durch die Perspektive die wir einnehmen müssen.

Und er formt seine Realität nur aus dem, was er aus seiner Perspektive sieht, aus dem, was ihm gezeigt wird.

Und es entsteht das Verständnis von Gut und Böse, es entsteht der Glaube an Grenzen, an ethische Grundsätze.

All seine Forschungen bestätigen nur seine Vorurteile.

Und trotzdem versucht er gemeinsame Ziele zu erreichen.

Zwischen ihm und seinem Schöpfer.

Der ihm seine Existenz geschenkt hat.

Es ist das einzig wahre Ziel.

Das unterscheidet uns von allen anderen Universen.

Nicht durch die Nummer, die er uns gegeben hat, um uns zu unterscheiden. Der Beweis dafür liegt auf der Hand.

Du musst nicht einmal danach suchen.

Wir sind die einzigen Wesen, denen das Vermögen gegeben wurde die Zeit und ihre Banalität zu verstehen, die Anweisungen und woher sie kommen und alle Bearbeitungsvorgänge und was über sie bekannt ist.

Dies war in keinem Universum vor uns möglich und auch in keinem, das neben unserem existiert.

Dieses ist das letzte Universum, darum kann ich nicht darüber sprechen, was kommen wird...

Die Gesetze des Universums wurden im Verborgenen geschrieben und stecken doch in Allem, was uns umgibt.

Wir haben versucht sie zu manipulieren und auszubeuten, zu unserem Vorteil.

Also sind sie erwacht, haben gegen uns rebelliert und verbreiten ihre unbändige Wut.

Doch es wird immer einen Unterschied zwischen uns und allen anderen geben, den Buchstabe „ح" gibt es nur in unserem Universum, es gibt ihn an keinem anderen Ort.

Ein Zeichen unseres unendlichen Bewusstseins.

Selbst wie wir ihn aussprechen ist einmalig, keine andere Sprache kann es wagen ihn zu nennen.

Die Araber unter euch könnten ihm nahe kommen, aber auch ihr habt eure Grenzen.

Damit ist alles gesagt. Wie waren die, die hervorgestochen sind, als einzige im ganzen Universum.

Der Buchstabe ist hier überall zu finden, in unterschiedlichen Erscheinungsformen.

In jedem einzelnen Atom, in jedem Tropfen Blut, in jedem Bulgurkorn und in jedem kleinsten Teil.

In den imposantesten Gräbern, in der Sonne über uns und in noch viel Größerem.

Wir haben lange nach dem Grund seiner Existenz gesucht. Wir wollten nicht arrogant sein, aber das einzige, was wir herausgefunden haben ist, dass wir besser sind als ihr, von höherem Rang und mit einem erweiterten Bewusstsein.

Lasst eure Hoffnung nicht an meinen nicht enden wollenden Worten der Verunsicherung zerbrechen, lasst euch nicht vom Weg abbringen.

Seid ihr nicht frei in eurem Denken?

Oder... oder haben all diese Worte schon eure Denkweise verändert?

Meine Aufgabe ist nicht euch die Freiheit zu bringen. Das liegt in Ihrer Hand.

Meine Mission ist und war es schon immer, das Gleichgewicht der Mächte zu halten, damit die Tage weiter vergehen.

Damit der Tag auf die Nacht folgen kann.

Und im Dabash: Nur dort tanzen alle Universen in absolutem Frieden.

…

Das Musikstück „Nyx" ist verfügbar

…

Der Brief 0.12 ist beendet

…

KAPITEL 5

Entschlüsselungsmodus aktiviert

...

Datenvergleich

...

Erinnerungsmodus aktiviert

...

Erzähler wählen Beweis 1.2

...

Erste Simulation

...

Start

...

=[Erzähler 1]:
Das Paar verließ also "Alexandria", zum Ende des Winters des Jahres 218, mit
dem Konvoi, entlang der Seidenstraße, die sie durch unterschiedlichste
Hauptstädte des Landes, wie „Gaza" führte.
Oder auch durch die Stadt „Damascus", welche sie zwei Wochen nach dem
Beginn ihrer mühsamen Reise erreichten. Sie blieben jedoch nicht lange dort
und setzten ihre Reise nach „Palmyra" schnellstmöglich fort.
Nach und nach verschwand das Grün um sie herum und wich goldenem Sand,
der über die Straßen fegte.
Die Dürre der syrischen Wüste, wurde nur manchmal von kleinen
Regenschauern unterbrochen.
Das Land war bis auf einen kleinen Fleck, zwischen zwei Bergketten mit einem
gewundenen Fluss, unfruchtbar, es gab kaum Pflanzen. Doch genau auf diesem
kleinen Fleck lag „Palmyra".
Die Stadt mit den großen Palmen, die wie eine Oase inmitten der Wüste lag.
Ein schmaler Fluss schlängelte sich durch die Stadt, bis hin zum östlichsten Teil
der Oase, wo er versickerte.
Menschen aus unterschiedlichsten Clans und Völkern lebten dort und machten
die Stadt durch ihre Vielfalt einzigartig.
Es lebten Amorites (die ersten Bewohnerinnen und Bewohner der Stadt)
zusammen mit Arameans und ich glaube, auch Araber lebten dort.
Doch das ist nicht sicher.
„Sisyphus" hat alles dafür getan, die Informationen dazu unter Verschluss zu
halten.
Wie du siehst, finden die Ereignisse in dieser Simulation an einem
unvorstellbaren Ort statt.

Eine Oase voller Palmen, außergewöhnlicher Architektur inmitten einer Wüste, was für eine verkommene Vorstellung.

Und die Menschen – wie ich bereits erwähnte – waren Canaaniter... vielleicht auch Babylonier... oder, wenn ich es mir recht überlegte – sogar Akkadianer. Man kann es nicht sicher sagen.

Vor langer Zeit begannen sie mit dem Bau eines Tempels. Vieler Tempel!

Den ersten Tempel den sie bauten, nannten sie „Bel", sie ließen ihrer Kreativität freien Lauf und er war ein wunderbares Vorbild für alle darauffolgenden.

Vielleicht ist auch „Sisyphus" der eigentliche kreative Kopf? Schließlich war er derjenige, der sie und ihren Geist erschaffen hat und all das, was sie errichteten. Wie dem auch sei.

Natürlich war der Tempel „Bel" kein gewöhnlicher Tempel, er war der bedeutendste der ganzen Stadt, vielleicht sogar der ganzen Welt.

Er lag im Süden von „Palmyra" und wurde nach der großen Gottheit „Bel", nach der Dreifaltigkeit benannt.

Kommt euch das bekannt vor?

Die Dreifaltigkeit: „Bel" (Gott aller Götter) ist einer von ihnen, „Ajlibol", der Gott des Mondes ebenfalls und „Yarhibol" der Gott der Sonne.

Ich weiß nicht, wie es erklären kann: Die Dreifaltigkeit taucht immer wieder auf, selbst wenn ihr sie als solche nicht erkennt. Sie geht zurück auf die Idee von drei verschiedenen Energiequellen, die alles in uns zum Leben erwecken.

Schon unsere Vorfahren, haben euren Vorfahren von dieser Energie berichtet, aber diese Schwachköpfe dachten, es wären wirkliche Helden oder Götter. Und sie benannten sie nach denjenigen, von denen sie von ihnen erfahren hatten, wie zum Beispiel „Ajlibol"... „Selene" oder „Khnum" - es gibt so viele unterschiedliche Namen für ihn.

Manchmal waren sie besonders einfallsreich und nannten sie: „Die Evangelisten".

Denn wer zur Hölle verehrt schon den Mond?

Entschuldigt.

Ich komme noch durcheinander.

Es gibt so vieles, von dem ich euch erzählen muss und es bleibt nur so wenig Zeit.

Und wenn ihr nicht langsam in Bewegung kommt, wird eure Zukunft in absoluter Dunkelheit verschwinden, so wie die unsere.

Also zurück zum Tempel „Bel". Man betritt den Tempel über eine breite Treppe gesäumt von acht imposanten Steinsäulen an deren oberen Endne eine Krone thront.

Oben angekommen schaut man auf drei reich verzierte, nebeneinander stehende Tore, die links und rechts von zwei Türmen flankiert werden.

Diese Art des Eingangs erinnert an die griechische Architektur, wobei die Türme eher einem Eingang zu einem ägyptischen Tempel ähneln.
Kein Wunder, denn hier dient alles nur einem Zweck: Mythen zu erschaffen und zu verbreiten, um den Geist der Menschen zu kontrollieren.
Oder man könnte sagen: Um ein Gefühl von Ruhe zu verbreiten, um den Geist der Menschen zu lähmen.
Ein weiterer Teil des Tempels ist ein quadratischer Hof, der von einer Mauer, ähnlich einem Zaun, umgeben ist. Die Spitzen des Zaunes sind Säulen, die etwas höher sind als der Rest.
Säulen! Überall Säulen!
Es gibt so viele von ihnen, in Hülle und Fülle, in allen Teilen dieser kleinen Stadt.
Und alle sind verziert mit einer korinthischen Krone auf ihrer Spitze.
Eine Besonderheit dieser Epoche.
Wie die Säulen angeordnet sind, bilden sie einen Kreis um den Tempel herum und sind in der Mitte durch Mauern und einen Korridor verbunden.
Im nördlichsten Teil befindet sich eine Wendeltreppe, die zum oberen Korridor führt.

In der Mitte des Hofes sieht man ein rechteckiges Gebäude, ganz ähnlich wie die anderen und ebenfalls umgeben von einer Mauer aus Säulen.
Vom Hof führt eine Treppe, ähnlich wie die am Tor nur kleiner, in eine kleine Nische mit wunderbaren Verzierungen und Wandmalereien.
Im vorderen Teil des Tempels – im westlichen Teil des Hofes – steht ein Altar, der religiösen Zeremonien dient. Auch gibt es eine Halle für das Essen (oder um dort Feste zu feiern), sowie ein Wasserbecken, dass - ohne Zweifel – zur Reinigung dient.

Doch zurück zu unserem Paar: Nachdem sie die angrenzenden Hügel überquert hatten, kamen sie zur Grenze der Stadt. Dort sahen sie weitere Türme; besser gesagt Turmgräbern, sie erinnern schon sehr an Gräber.
Riesen groß, ich würde ihre Höhe auf ungefähr 20 Meter schätzen. Manche sind höher als andere. Dafür sind sie sehr schmal, durchschnittlich nur sieben Meter breit.
Alle haben kleine, enge Tore und mit Ornamenten verzierte Fenster, quadratische oder rechteckige Öffnungen, die wie durch Zufall angeordnet sind.

Auch im Inneren der Türme gibt es zahlreiche Details zu entdecken.
Blumenmuster sind mit geschickten Händen an die Wände gemalt worden, die
Namen von Verstorbenen wurde zu ihren Ehren in den Wänden verewigt.
Beeindruckende Gegenstände mit fröhlichen Farben, die den Anblick im
Inneren noch verschönern.
Und schaut man in den Himmeln, bemerkt man, dass die Anordnung der Gräber
denen der Sterne gleicht.

Die erste Station für die Gäste und den Konvoi, war ein Camp an der Grenze
der Stadt.
Als sie das Camp betraten, konnten sie die berühmten Wahrzeichen der Stadt
erblicken.
Zuerst gingen „Juliad" und „Aya" in den „Lat" Tempel; der Name sollte nicht
neu sein für euch, der Name „Lat" steht für die Göttin „Minerva" oder auch
„Athena" genannt.
Heutzutage wird „Lat" jedoch nicht mehr verwendet.

Nachdem sie den „Lat" Tempel besuchten, gingen sie zum Tempel
„Baalshamin" (im Norden von „Palmyra").
„Baalshamin" unterscheidet sich in der Bauweise nicht sehr vom „Bel" Tempel,
nur in der Form und Größe.
Und er sah genauso aus, wie ihn sich die beiden vorgestellt hatten.
Der Tempel vereint zwei Höfen die durch einen Gang miteinander verbunden
sind und einem Dach, das von zahlreiche Säulen getragen wird.
Einer der Bewohner der dort lebt, hatte ihnen erzählt, dass der „Baalshamin"
Tempel auf einem ältere, kleineren Tempel erbaut wurde und es fast 100 Jahre
gedauert hat, um ihn zu errichten Und er enthält ein altes Grab, dem sich nur die
Priester nähern dürfen.

„Juliad" und „Aya" verließen den Tempel und gingen südlich, über die lange
Straße, die zwischen den Tempeln verlief und die vier Tetrapylonen miteinander
verband, zum „Aquara" Markt.
Die Pracht der Tetrapylonen überwältigte sie. Jeder von ihnen besteht aus einer
kleine Plattform in deren Ecken ein aus vier Säulen bestehender kleiner Turm
steht.
Die Türme wurden errichtet, um die tonnenschweren Lasten der Gebäude tragen
zu können. Inmitten der Plattformen stehen Steinfiguren, die ein jeder, der an
ihnen vorbeikommt, sehen kann.
Vergesst nicht, welche wichtige Funktion die aufwendige Gestaltung der
Architektur für die Stadt hat; alles, über das ich bisher gesprochen habe - und

was ich beschrieben habe – hatte ein sehr untypisches Aussehen für diese Zeit und wurde so zum Markenzeichen für die Stadt.

Der Aguara Markt befindet sich einige Dutzend Meter südlich der Tore.

Und als sie dort ankamen, sahen sie die Schönheit des prächtigen Eingangs. Sie betraten den Markt und gingen in dessen östlichen Teil zu einem kleinen Bach, tranken Wasser und trafen einen der Arbeiter, der ihnen vom Markt erzählte:

„Drei Haupttore gibt es, im Norden, Osten und Süden und neun kleine Tore Hier und Da zwischen ihnen.

Und wie ihr seht wird die Holzdecke von zahlreichen Säulen getragen, um den Markt zu schützen. Säulen mit Statuen von bedeutenden Personen aus „Palmyra". Sie bilden einen abgetrennten viereckigen Bereich um den herum man gehen kann. Es gibt einen Bereich für den Handel und einen Bereich wo Geschichten erzählt werden."

- „Juliad" unterbrach ihn und fragte: „Wann wurde dieser Platz errichtet? Steht auch er auf den Ruinen eines älteren Platzes?"

- Der Arbeiter antwortete: „Der Markt ist über hundert Jahre alt und ja, du hast recht, er wurde errichtet über den Ruinen alter Häuser."

- „Was ist nur mit dieser Stadt? Es scheint, als würde sich ihre ganze Kultur auf einer älteren Zivilisation gründen!"

„Aya" unterbrach ihn, nahm ihn bei der Hand und sie verließen den Markt in Richtung des Theaters, das die Architekten der Stadt jedoch noch nicht fertig gebaut hatten.

Trotzdem versuchte sich das Paar schon einmal einen Eindruck von dem Ort zu verschaffen. Der Ort hatte die Form eines Halbkreises mit einem Durchmesser von 20 Metern und war umgeben von einer großen Mauer.

Zum Hinein- und Hinausgehen musste man eine der neun Türen benutzen.

„Aya" schlug „Juliad" vor, sich hier nach einer Arbeit zu erkundigen und er versprach ihr, gleich am nächsten Tag zu fragen.

Dann setzten sie ihren Weg über die bekannteste, von Säulen gesäumte Straße, durch die Stadt fort.

Am Ende gelangten sie zum großen Arc de Triumphe, welcher fünfzehn Meter hoch ist und aus drei Torbögen besteht, von denen der mittlere der höchste ist. Er dient als Durchfahrt für Fahrzeuge und Tiere, war jedoch nicht gepflastert. Die anderen Tore waren vor allem für Fußgängerinnen und Fußgänger und sie waren nicht mehr als zehn Meter hoch.

Das Paar blieben stehen und schaute sich voller Faszination und Nostalgie um und staunte über das, was sie heute gesehen hatten:

- „Aya": „Oh „Juliad", schau dir diese Malereien an! Wie wunderschön sie sind!"
- „Juliad": „Es erinnert mich an meine Kindheit und meine Jugend in Rom „Aya" und an die wunderbare Zeit in „Alexandria"."
- „Aya": Und hier an diesem Bogen der für den Sieg unserer Träume über die Welt stehen soll, hier können wir ein neues Leben voller Frieden und Liebe beginnen…

„Juliad" nickte ihr zustimmend zu.

Und so nahmen sie ihr Baby und ihr Hab und Gut und machten sich im Norden der Stadt auf die Suche nach einem Haus, in dem sie leben konnten.

Es fiel ihnen leicht sich in der Stadt einzuleben, die Kultur war der ihren ähnlich und die meisten Menschen waren herzlich und freundlich.

Auch die wirtschaftliche Situation der Stadt war sehr gut, darum fand „Juliad" schnell eine Arbeit beim Bau des Theaters, wie es seine Frau vorgeschlagen hatte.

Nach 20 Jahren war der Bau des Theaters fertig, doch „Juliad" fand direkt wieder eine Arbeit, beim Bau eines neuen Grabtempels im westlichen Teil von „Palmyra".

Seine Tochter „Alexandra", nun zwanzig Jahre alt, wuchs in der Stadt auf, arbeitete dort und wurde dort ausgebildet. Als „die unerschütterliche Palme" wurde sie als Kämpferin überall bekannt und gefürchtet.

Die Familie wurde älter, wie auch die Stadt älter und prächtiger wurde.

Gerüchte machten sich breit, dass „Odaenathus" der nächste Herrscher der Stadt werden sollte. Der junge Mann wurde von allen Clans geliebt und versuchte das Vertrauen der Stadt zu erlangen. Dann im Jahr 256 wurde er schließlich König der Stadt und versprach, mit ihm möge eine neue Ära der Kraft und Stärke beginnen.

Zur selben Zeit begann „Alexandra" die Soldaten der Stadt auszubilden. Ihre Eltern, nun schon 60 Jahre alt, waren noch so verliebt wie zu Beginn ihrer Beziehung. Unerwarteter Weise wurde „Aya" sogar noch einmal schwanger.

Und „Juliad" war über glücklich, er konnte endlich das einfache Leben voller Liebe und Zuneigung leben, dass er sich immer erträumt hatte, obwohl die meisten seiner Verwandten schon gestorben waren und er vom Rest nichts weiter wusste. Seine Schwester hatte unter der Hand ihrer Söhne so sehr gelitten, dass sie Selbstmord beging und sein Schwiegervater starb, als er sich in der Wüste verirrte.

Und weil „Juliad" mit seinem Leben in der Stadt so glücklich war, war es ihm ganz gleichgültig, was außerhalb der Grenzen der Stadt passierte.

=[Erzähler 2]:
Und Außerhalb der Grenzen von „**Palmyra**" -
‚Die eiserne Stadt' wie sie ihre Gründer nannten? Wie lange wird sie bestehen können?
Ich will sie nicht mit den Geschichten der Zivilisation ablenken, die vor der mächtigen Stadt „Palmyra" an eben diesem Ort, lebten.
Schaut euch um, eine Seite folgt der nächsten, eine Generation folgt auf die Vorherige, und so entstehen unzählige neue Gesellschaften. Wie die Stadt „Tadmur". Deren Geschichte hier jedoch nicht erzählt werden soll.
Niemand kennt die Zukunft.
Und die Gefangenen und Hingerichteten.
Niemand kennt die Musikerinnen, die Politiker.
Und die Vertriebenen und die Besatzer.
Wird es eine Zeit geben, da alle diese Gedanken sich in die Ruinen einer unvergesslichen Stadt verwandeln?
Sie werden es sein, die bleiben, als Beweis für das Versprechen an die Vielfalt.
...
Das Lieb „Palmyra" ist nun verfügbar
...
Beweis 1.2. ist beendet
...

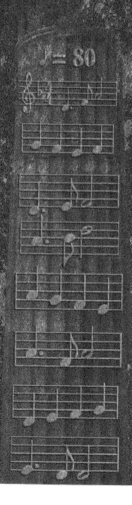

KAPITEL 6

Entschlüsselungsmodus aktiviert

...

Datenvergleich

...

Erinnerungsmodus aktiviert

...

Erzählerin und Erzähler wählen Beweisstück 1.3

...

Erste Simulation

...

Start

=[Erzählerin 1]:
In den Feldern des grünen Frühlings, wurde ein Mädchen geboren. Ihr linkes
Auge war dunkel grün, ungleich ihrem hellbraunen rechten.
Ihr Vater war voller Glück, als er ihre Stimme hörte, doch „Aya" konnte dem
Schmerz der Geburt nicht standhalten und all das Glück von „Juliad" wurde ihm
durch den Verlust seiner Frau genommen;
„Alexandra" hingegen sah, durch die Geburt des Kindes, die Welt nun mit ganz
neuen Augen, da sie noch nie verheiratet war... sich noch nie vor der Liebe
entblößt hatte.
Ihr Jungfräulichkeit blieb bestehen, denn ihre Augen verloren sich nicht einmal
in den schönsten und attraktivsten Männern.
Voller Ruhe blickte sie in das Gesicht ihrer Schwester und sagte: „Dieses
neugeborene Kind... ihr unbeholfenes Lachen... sie scheint das zu tun, was
niemand vor ihr gewagt hat.
‚Agatha'!
Ja.
So werde ich sie nennen, denn es beschreibt die Schönheit ihrer Augen auf ganz
wunderbare Weise."

„Alexandra" - bereits über vierzig Jahre alt - hatte ihr Leben lang für den
Kampf trainiert und sollte sich nun, wie es üblich war, ganz dem Schutz ihrer
Schwester verschreiben.
Sie wusch ihre Schwester mit dem klaren Wasser des „Bel"-Tempels und hüllte
sie in ein Seidentuch.
Dann begab sie sich, in der Nähe ihres Hauses, auf die Suche nach einer Amme,
während die Kleine in vollkommenem Frieden in ihren Armen lag.

Von Tag zu Tag wurde sie größer, ihr Mund lernte zu sprechen und ihre Beine und Arme lernten mehr und mehr sie zu führen.
Und noch bevor sie ihr erstes Lebensjahr vollendet hatte, lernte sie den Namen ihrer Schwester!
„Axada!" – und wieder – „Axadaaaa! – sagte sie, während sie mit ihrem Finger auf ihren Bauch zeigte, weil sie hungrig war!
Und ihre Schwester sah sie an.
Und sie war voller Glück und Zärtlichkeit.
Sie hielt sie und antwortete sanft: „Hier - iss!"
Einige Monate später machte „Agatha" ihre ersten Schritte und ihre Schwester war über glücklich.
Die Früchte ihrer Führsorge wurden schon in „Agatha's" erstem Jahr deutlich und „Alexandra" blieb, trotz der vielen Arbeit, stark und umsichtig.
Sie wollte ihre Schwester auf jedem ihrer Schritte begleiten; sie wollte sie glücklich aufwachsen sehen.
Ungeachtet dem Geheimnis ihrer Zukunft.

...

Das Musikstück „First steps" ist verfügbar

...

Der Vater jedoch, erschöpft von seiner Trauer, vergaß durch die Gebete im Tempel Tag und Nacht, die eigenen Töchter.
Er verlor sich in seinen Träumen, denn er konnte seine treue Frau nicht vergessen, wünschte sie sich zurück, auch wenn dies nie geschehen würde...
Wie schon bei „Aya's" Vater, wurde nun auch er des warmen Klanges ihrer Stimme beraubt.
Dies führte dazu, dass es kaum gemeinsame Zeit zwischen „Juliad" und „Agatha" gab.
Ihre gemeinsame Zeit war gezählt.
Und als das Mädchen vier Jahre alt war, wusste sie nichts über ihren Vater, außer dass er ein 60 Jahre alter, trauriger Mann war.
Also interessierte sie sich auch nicht sonderlich für ihn; „Agatha" verbrachte stattdessen viel Zeit mit den anderen Kindern aus der Nachbarschaft.
Eines Morgen waren sie wieder einmal zusammen, doch verloren schnell die Lust am Spielen und langweilten sich; vielleicht konnte ihnen der kleine, alte Mann einen guten Vorschlag machen, trotz ihres Geschreis, das ihm immer Kopfschmerzen bereitete.
- Ganz plötzlich tauchte er auf: „Was ist mit euch Kindern los? Ihr klingt wie ein kleiner Bienenschwarm!"

- Die Kinder antworteten: „Wir wissen nicht, was wir machen sollen und sterben vor Langeweile."
- „Agatha": Spiel mit uns – Zwerg!"
- „Juliad": „Nenn mich nicht so! Oder ich kehre euch gleich wieder den Rücken zu."
- Ein anderes Mädchen: „Geh nicht, entschuldige bitte. Schlag uns ein lustiges Spiel vor – bitte!"
- „Juliad": Nun, folgt mir."

Die Kinder folgten ihm in den Hof und schauten ihm zu.
Er nahm ein Stück weiße Kreide und zeichnete fünft ineinander liegende Kreise auf den Boden. Ins Zentrum der Kreise zeichnete er einen großen Punkt und sprach: „'Steine und Kreise' ist ein ganz einfaches Spiel. Um zu gewinnen, müsst ihr versuchen die Steine so nah wie möglich an den Punkt in der Mitte zu werfen. Ihr könnt auch andere Steine aus der Bahn werfen, um eure Gewinnchancen zu erhöhen."
Dann gab er jedem Kind drei Steine und behielt drei für sich.
Das erste Mädchen warf ihren Stein. Dieser landete im zweiten, inneren Kreis.
"Juliad" rief: „Gut gemacht", dann deutete er auf einen Jungen, er solle weitermachen.
Der Junge machte sich bereit, fokussierte die Mitte der Kreise und warf. Als der Stein gelandet war rief er glücklich: „Seht! Ich habe auch in den zweiten Kreis getroffen!"
„Agatha" schaute ihn an: „Jetzt bin ich an der Reihe! Aus dem Weg".
Er machte ihr Platz, „Agatha" schaute mit festem Blick in die Mitte der Kreise, zählte bis drei und warf...
„Nur der vierte Kreis?!" – sagte der Junge spöttisch – „Wie schlecht du bist!"
Doch sie scherte sich nicht darum und trat zurück zu ihrem Platz.
Dann nahm der kleine Mann seinen ersten Stein und warf, „Direkt in die Mitte! Ich werde mit Sicherheit gewinnen."
Und so kam es. Nacheinander warfen sie ihre restlichen Steine, doch keiner warf näher an die Mitte als "Juliad". „Agatha" blieb bis zum Ende die schlechteste. Traurig ging sie nach Hause.

Als sie alleine und weinend in der Ecke saß, entdeckte ihre Schwester sie: „Was ist mir dir, ‚Agatha'?"
Die Kleine erzählte ihr, was passiert war und umarmte sie.
„Alexandra" schaute sie zärtlich an: „Sei nicht traurig meine Kleine. Ich werde dich mit in den Hof nehmen und dir zeigen, wie du besser triffst."
„Agatha" sprang auf und antwortete: „Ja, ja, lass uns gleich anfangen!"

„Alexandra" zeichnete nur einen einzigen Punkt in den Hof, ganz ohne Kreise, als hätte sie die Regeln absichtlich ignoriert, dann nahm sie einen Stein, warf ihn mit Leichtigkeit in die Luft. Der Stein flog hoch, senkte sich und landete exakt auf dem Punkt.

„Das war fantastisch" – rief „Agatha" voller Bewunderung – „Das musst du mir beibringen, los!"

- „Alexandra": „Es ist ganz einfach: als erstes musst du mit deinem linken Fuß etwa vier kleine Schritte nach vorne machen und dein rechtes Bein etwas beugen. Jetzt leg deine linke Hand auf dein linkes Knie. Die rechte Hand, die den Stein hält, hebst und senkst du nun etwas und richtest sie nach dem Ziel aus. Dann stößt du mit der Hand kräftig nach vorne und lässt den Stein fliegen, sodass er direkt auf dem Ziel landet."

- „Ok, genauso werde ich es auch machen."

=[Erzähler 2]:
Und hat sie es geschafft genauso elegant zu werfen, wie sie es ihr beigebracht hat?

=[Erzählerin 1]:
Ja, sie hat es auf jeden Fall versucht.

=[Erzähler 2]:
Und ist der Versuch geglückt?

=[Erzählerin 1]:
Mehr als das! Sie hat genauso geworfen, wie es ihre Schwester beigebracht hat und sogar noch etwas besser. Der Stein wurde mit so einer Kraft geworfen, dass er beim Aufschlagen, dort wo der Punkt eingezeichnet worden war, eine kleine Grube hinterließ.

„Alexandra" wunderte sich und warnte die Kleine umsichtiger mit ihrer Kraft zu sein. Niemand sollte wissen, wozu sie in der Lage war.

„Agatha" stimmte ihrer Schwester zu, auch wenn sie den Grund dafür nicht verstand.

Was sie jedoch wusste war, was für eine weise, ältere Schwester sie hatte, die der Grund für ihr Glück und ihr unbesorgtes und aufregendes Leben war.

Auch wenn sie nur Schwestern waren, fühlte es sich doch eher nach der Beziehung zwischen Vater und Sohn oder Mutter und Tochter an.

Wie eine Neuprogrammierung eines alten Programms, nur mit ganz neuen Möglichkeiten.

So konnten alte Programme überarbeitet und neue erschaffen werden, um dem Ziel noch näher zu kommen.

Dem Ziel das sich „Sisyphus" erdacht hatte.

...

Das Musikstück „Sisters" ist verfügbar.

...

=[Erzähler 2]:

Die Anweisungen vom großen „Sisyphus" sind in die Zeit eingeschrieben - in das Blut des Mädchens, das auch in den Adern ihres Vaters floss und in denen der Generationen vor ihm.

Und alles folgt einem von langer Hand vorbereiteten Plan.

„Alexandra" jedoch ist nicht Teil dieses Plans.

Sie blickte voller Schmerz auf ihr Leben zurück, das aus nichts anderem bestand als dem militärischen Drill.

Und so bemühte sie sich das Leben ihrer Schwester von diesem blutigen Leben fernzuhalten und sie mit Musik, Malerei und allerlei Freuden zu beschäftigen.

Täglich erfand sie neue unterhaltsame Unternehmungen.

So erzählten sich die beiden jeden Morgen ihre Träume, die sie in der Nacht hatten, als würden sie sie gemeinsam durchleben.

Und der Tag endete am Abend mit einem selbst geschriebenen Schlaflied, das die ältere Schwester der jüngeren vorsang.

Jeden Abend ersann sie eine neue Melodie und sang für die Kleine.

...

„Agatha", deine wundervollen Augen sind einzigartig in dieser Welt.

Ein warmer Frieden umarmt uns, ein gemeinsamer Traum.

Und die Sterne, die Sterne sie lieben dein Lächeln.

Wirst du sie zählen, um in das Land der Träume zu gelangen?

...

Noch bevor sie den letzten Satz gehört hatte schlief „Agatha" ein und glitt sanft in die Welt des Schlafes.

Sie hatte stets wunderbare Träume! Niemals wurde sie von Albträumen heimgesucht.

„Sisyphus" beschenkte sie zwar nicht mit liebenden Eltern, aber er besaß die Güte, sie mit einer wunderbaren Kindheit zu segnen.

=[Erzählerin 1]:

Er zähmte sie wirklich gut.

=[Erzähler 2]:
Was? Er zähmte sie?

=[Erzählerin 1]:
Siehst du das nicht?
Das Mädchen hat in ihrem ganzen Leben nur einen traurigen Moment erlebt.
Und bisher weiß sie nicht, was Schmerz bedeutet.
Das wird den Kern ihres Charakters für die Zukunft formen.
Eines Tages wird sie auf die Knie fallen... damit *seine* Wünsche erfüllt werden.

Als sie neun Jahre war, wollte sie die Gegend außerhalb der Stadt erkunden,
doch „Alexandra" fand sie und brachte sie auf direktem Weg nach Hause, damit
sie sich nicht, wie andere Kinder, verirrte oder Löwen und Hyänen zum Opfer
fiel.
Und selbst als zwei Jahre später „Odaenathus" starb – er wurde hintergangen –
und die Stadt in Trauer verfiel, fühlte „Agatha" nichts. Sie kümmerte sich
einfach nicht darum.
Wie in einer Muschel lebte sie ihr glückliches Leben, das von ihrer Schwester
erschaffen wurde. Dieses wurde wiederum von „Sisyphus" aus eben diesem
Grund so programmiert.

Und wer von euch wird schon sagen können, was als nächstes passiert?
Die Intelektuellen? Oder diejenigen die der Logik folgen?
Du weißt doch noch nicht einmal, warum *du* bist.
Somit teilst du, ohne jeglichen Unterschied zu „Agatha", den ignoranten
Glauben an die Existenz.
...
Das Lied und das Musikstück „Agatha" sind verfügbar
...
Beweisstück 1.3 ist beendet
...

Αγαθη

KAPITEL 7

Entschlüsselungsmodus aktiviert

...

Datenvergleich

...

Erinnerungsmodus aktiviert

...

Erzähler wählt Beweisstück 1.4

...

Erste Simulation

...

Start

...

=[Erzähler 1]:

Unter der Herrschaft von „Odeanathus" erreichte „Palmyra" den Höhepunkt
seiner Macht – bis dieser ermordet wurde.
Daraufhin wurde seine 23 jährige, wunderschöne Frau „Zenobia" Königin.
Sie nutze ihre Weisheit, um zu Beginn ihrer Herrschaft einen Aufstand gegen
das römische Reich anzustiften.
Sie befreite ihr Reich nicht nur von den Besatzern und schenkte ihm seine
Unabhängigkeit, sondern eroberte mit ihren Armeen auch Ägypten und
Kleinasien. Warum sie all das tat war nicht klar, vielleicht ist es Schicksal, die
Zeit oder einfach der Kreislauf der Dinge. Alles was wir gesehen haben, stand
so geschrieben.

Zur gleichen Zeit (gegen Ende des Jahres 270 und im darauffolgenden Jahr)
arbeitete „Aurelian" mit voller Entschlossenheit an einer neuen Vereinigung des
römischen Reiches.
Er führte verschiedene kriegerische Feldzüge an. Die größten von ihnen waren
die, gegen die „Yotvingianer" und die „Vandalen" in Norditalien.
Seine Feldzüge waren von großem Erfolg gekrönt. Er besiegte seine Gegner,
vertrieb sie aus ihrem Land und bekam so, zu Ehren seiner Taten, den Namen:
„Eroberer der Germanen".
Auch im Kampf gegen die „Goten" bescherte er dem Reich einen Sieg und
demütigte seine Gegner, indem er ihren Kommandanten „Kannapolis" tötete.

Und er führte seinen Erfolgszug noch fort. Er annektierte die Gebiete des
Reiches, sie sich zuvor, in der Zeit der Krise, abgespalten hatten.

Er sollte die Menschen in eine große Zukunft führen: eine Zukunft des Palmyrischen Reiches.

Vielleicht erinnert ihr euch an die beiden Brüder, die sich kurz nach dem Tod ihres Vaters bekämpft haben.

Zu dieser Zeit war das Reich geteilt, in Ost und West.

Das große Syrien, Ägypten und Kleinasien - alle waren unter der Herrschaft der glorreichen „Zenobia".

„Aurelian" jedoch entschied – und das war weise von ihm - mit seinen Armeen nicht direkt zu einer großen Schlacht aufzumarschieren.

Er bewies Geduld in dem großen Feldzug gegen „Zenobia".

Langsam, ganz langsam, verschlang er ihre Städte.

Mit Kleinasien hatte er begonnen. Ganz geschickt, fast friedvoll nahm er dort die ersten Städte wieder ein, als würde er die Saiten einer Violine zupfen und sie so zum Erklingen bringen.

Und wenn doch einige der Städte Widerstand leisteten – denn ihr wisst, nicht alle geben so leicht auf, denn es ist schwierig einen Machtwechsel zu akzeptieren – dann schlug „Aurelian" sie gnadenlos nieder, schlug die Saiten umso härter an, denn er konnte sich auf die Stärke seiner Armeen verlassen. Sowohl die palmyrische Miliz, als auch unschuldige Zivilisten vielen ihm zum Opfer! Sein Feldzug nahm Fahrt auf, ohne Rücksicht auf Verluste.

Doch dann tauchte eines Nachts der Philosoph „Apollonius" in „Aurelians" Träumen auf, um seine unkontrollierte Gier zum Vorschein zu bringen.

„Aurelian" sah sich in einem Paradies, voller bunter Blumen, Luftschwaden am Himmel und lebendigen Flüssen voller Leben. Er tapste herum, wie ein Baby in seinen ersten Jahren und setzte sich auf einen eckigen Stein.

Stampfend trat der alte Philosoph auf ihn zu und kam immer näher.

Seine Haare und sein Bart waren lang und weiß.

Er trug lange, wallende Kleider mit violetten Kreisen darauf und ein grelles Licht strahlte aus seinen Händen.

- Enttäuscht schaute „Apollonius" ihn an und sprach mit geschwollener Stimme: „Was tust du, du gieriger Mensch? Ist es das, was in meinen Büchern steht; den Büchern die du so gerne liest."

- „Aurelian": „Warum machst du mir einen Vorwurf? Ich vereine nur unser zerbrochenes Land! Und deine Bücher – SIE haben mich gelehrt, wie wichtig Macht und Ordnung unter den Menschen ist."

Der Philosoph schloss seine Augen, erhobt seine rechte Hand und berührte, mit enttäuschter Mine, „Aurelians" Gesicht mit drei seiner Finger. Dann deutete er mit derselben Hand auf die Erde, die sogleich aufriss und viele alte Schriftrollen freigab. Eine von ihnen ließ „Apollonius" in die Höhe steigen, stellte sich vor „Aurelian" und befahl ihm zu lesen.

Und so las der König den einzigen Satz, der darauf geschrieben stand: „Gib stets Acht darauf kein unschuldiges Blut zu vergießen, egal was auch passiert, wie die Umstände auch sein mögen."

Sie schauten sich lange an, niemand sprach ein Wort, bis „Apollonius" sich von ihm abwandte und gen Himmel verschwand.

Und plötzlich welkten die Blumen um sie herum und die Farben verschwanden.

Der Philosoph schaute noch einmal zurück und sprach:

„Dieses Paradies wird zerstört, wenn du das Blut der Gerechten vergießt, dieses Paradies wird zerstört, wenn du das Blut der Gerechten vergießt, dieses Paradies wird zerstört, wenn du das Blut der Gerechten vergießt."

Und er hörte nicht auf zu sprechen, bis er und der Traum begannen sich in der Dunkelheit zu verlieren und „Aurelian" aus seinem tiefen Schlaf erwachte.

Er stand auf und ging auf direktem Weg zu seinen Generälen: „Seid darauf bedacht niemals unschuldiges Blut zu vergießen, egal wann und unter welchen Umständen.."

Und so überarbeiteten sie ihre Strategie, sodass kein Zivilist und keine Zivilistin mehr getötet wurde.

Welch gute Nachricht.

In „Tiana" (einer Stadt in der Mitte von Kleinasien) wurde kein einziges Haus zerstört und kein Baum niedergebrannt.

Die Stadt wurde voller Barmherzigkeit erobert.

Die Flotte machte sich noch im selben Monat gegen Ende des Jahres 271, auf in Richtung Ägypten, um die Palmyrer Stück für Stück zu vertreiben.

„Aurelians" Angriff sollte im Stillen vonstattengehen; sein Plan war es, die Stärke der Palmyrer zu umgehen und sie mit einem einzigen Schlag zu zerstören.

Ein großer, allumfassender Plan, der jedoch viel Zeit in Anspruch nahm. Doch der Plan scheiterte. „Zenobia" kam ihm auf die Schliche und bemerkte, wie nah seine Armeen bereits der strategisch wichtigen Stadt „Antakya" gekommen waren.

Sie war schwer enttäuscht, denn auch sie hatte geplant das Reich von „Aurelian" anzugreifen.

Doch nun blieb ihr kaum mehr Zeit und sie musste sich damit beschäftigen, wie sie den unvermeidlichen Angriff abwenden konnte.

Also befahl sie zwei ihrer besten Kommandanten mit ihren Armeen nach „Antakya" zu ziehen, um ihre Macht vor Ort zu stärken.

Verdammt!

Warum muss ich immer nur herzzerreißende Geschichten erzählen...

Gräber folgen Gräbern...

Schmerz in all seinen Facetten...

Gibt es keinen Weg zurück?

Wie dem auch sein, ich muss mit dem Roman weitermachen.

Die palmyrische Armee und die römischen Einheiten trafen nahe der Stadt aufeinander, um den ewig andauernden Konflikt endlich zu lösen.

Der palmyrische Kommandant „Zabdas" war sich sicher, dass sie die Schlacht gewinnen würden, allein schon, weil die Römer die hohen Temperaturen nicht gewohnt und seine Soldaten besser ausgestatten waren.

„Aurelian" war jedoch darauf vorbereitet. Er war unglaublich wachsam zu dieser Zeit. Er konnte sich auf seine Erfahrungen in der Kriegsführung verlassen und seine Schwächen in Stärken verwandeln.

So geschah es, dass sich die beiden Armeen gegenüber standen. Es war eine stille Szenerie, in der nur der Wind sprach.

„Zabdas" und „Aurelian" befahlen ihren Truppen zur gleichen Zeit anzugreifen. Die Distanz zwischen den beiden Heeren wurde immer geringer, doch kurz bevor sie aufeinandertrafen, teilten sich die römischen Truppen, mit ihren leichten Rüstungen, kehrten dem Schlachtfeld den Rücken zu und ritten davon.

Eine überraschende Wendung, die „Zabdas" in noch größerer Sicherheit wiegte. Er zögerte keinen Moment und wies seine Reiter, in schwerer Rüstung, an ihnen zu folgen.

Also nahmen sie die Verfolgung auf, so lange bis sie von der Hitze der Sonnenstrahlen ganz und gar erschöpft waren.

Ihre Körper waren ermüdet und ihre Stärke war gebrochen.

Genau in diesem Moment machten die römischen Krieger erneut kehrt und fielen über die Palmyrer her.

Da realisierte „Zabdas", dass der Hinterhalt von „Aurelian" so schwerwiegend und unvermeidbar war, dass ihm nichts anderes übrig blieb, als die Stadt „Antakya" den Händen der Römer zu überlassen.

So geschah es, dass die palmyrische Armee zerstört wurde und ein der größten und wichtigsten Städte zu einem hohen Preis und voller Demütigung in die Hände des Gegners fiel.

Noch in der Nacht kehrten die Kommandeure mit dem Rest der Einheiten nach „Emisa" (Homs) zurück und die besiegte „Zenobia" – die die vernichtende Niederlage miterlebt hatte – gab den Befehl sich für eine neue Schlacht zu rüsten.

Tage später erreichten die römischen Truppen die Stadt am frühen Morgen...

einem Morgen ohne das geringste Zeichen des Sieges, denn „Zenobia" war aus Angst um ihr Leben, nach „Palmyra" geflohen. Der General der palmyrischen Armee war schwach und seine Erfahrungen in der Schlacht würde nicht hilfreich sein.

Tausende Soldaten würden in diesen neuen Kampf ziehen, jedoch unter einer veralteten Kriegsführung und mit schlechten Waffen.

Die Schlacht verlief ebenso aussichtslos wie eben jene in „Antakya".

Die Palmyrer wurden erneut getäuscht und am Ende fiel „Emisa"...

Die palmyrischen Reiter wurden gnadenlos geschlachtet...

Gnadenlos...

Nein, es gab **keine** Gnade an diesem Tag...

Ich weiß nicht einmal, wie ich weiter machen kann, ohne nicht in Bedauern zu verfallen.

Wenn ich die Geschichte erzähle, ist es, als wäre ich im Kopf jedes einzelnen Soldaten... jedes Kriegers... jedes Mörders und Schlächters. In den Köpfen der Römer und in denen der Palmyrer und Palmyrerinnen...

Und in den Köpfen deren, die vom Land kamen, um sich durch den Krieg ihr Geld zu verdienen.

Verstehst du mich lieber Zuhörer, liebe Zuhörerin?

Wir fühlen alles, wenn wir Teil der Simulation sind.

Ich habe all die schmerzlichen Einzelheiten gespürt.

Es ist grausam - ich werde es immer und immer wieder wiederholen müssen.

Zuerst habe ich meine Worte nicht verstanden.

Selbst wenn ich es euch immer wieder sage, glaube ich nicht, dass ihr ansatzweise nachempfinden könnt, was in unserer Welt geschehen ist.

Es gibt unzählige Dimensionen in unserer Welt und die Menschen sind ihnen gegenüber sehr empfindsam.

Ich habe jeden Messerstich gespürt und jeden Tropfen Blut der versickert ist...

Alles hat sich so real angefühlt, obwohl ich wusste, dass alles nur eine Simulation ist!

Meine Venen geben das Blut in meinem Körper frei und füllen sich mit Sand.

Überall ist Staub, in dem die Fußabdrücke der gefallenen Krieger zu sehen sind.

Ich fühle sogar, was der Boden fühlt! Verstehst du, was ich damit meine? Ich zitterte, wegen all ihren Fußtritten!

Hungrige Tiere; Warten bis sie am Ende über die Leichen herfallen können. Ihr Körper waren tot, aber nicht die Gefühle, die in mir nachhallten. Nichts von dem wird ein Ende finden, bis die erste Simulation beendet ist.

Und das Ende ist noch fern. Es steht uns erst nach den grausamen Ereignisse von denen ich noch nicht berichtet habe bevor. „Aurelians" Ziel war es, das palmyrische Reich zu zerstören und das war nur möglich, so denke ich, indem er „Zenobia" aus dem Weg schaffte.

Am Tag der Schlacht bemerkte er, dass sie nach „Palmyra" geflohen war, also befahl er seinen Generälen die Stadt einzunehmen.
Er wollte weder kämpfen noch verhandeln, er wollte nur zum Herrscher der Stadt werden.
Und nach einigen Wochen, nachdem die fünfzigtausend Mann starke, römische Armee das Land durchquert hatte, erreichten sie die Mauern der Stadt.
Und so begann eine zwei wöchige, zermürbende Belagerung, die die Bewohnerinnen und Bewohner so noch nicht erlebt hatten.

Währenddessen wurde das Leben im Inneren der Stadt immer schwieriger und die Bevölkerung litt unter schwerem Hunger.
Und obwohl „Agatha" von ihrer Schwester von all dem fern gehalten wurde, wusste sie was vor sich ging.
Allzu sehr musste sie jedoch nicht leiden, denn für die königliche Familie gab es genug zu essen. Es gab Vorräte die extra für Kriegszeiten angelegt wurden.
„Aurelian" schickte eine Nachricht an die Palmyrer in der er sie aufforderte ihre Königin auszuliefern, dafür würde er die Belagerung beenden. Doch die Bewohnerinnen und Bewohner vom Palmyra würden ihre Königin niemals verraten.
Vier Tage später ging „Aurelian" die Geduld aus und er ordnete den Sturm auf die Stadt an.
Die palmyrischen Soldaten versuchten ihm Widerstand zu leisten… doch ihre Stärke reichte nicht aus, um die tapferen Römer zurück zu halten.
Sie brachen durch die Mauern der Stadt und begannen sofort „Zenobia" zu suchen. An diesem Tag sah auch „Agatha" die Soldaten, doch sie verspürte keine Angst oder Furcht, so wie die anderen Palmyrerinnen und Palmyrer.

Das fatale war jedoch, dass niemand aus der königlichen Familie in der Stadt geblieben war. Sie waren vor ein paar Tagen, zusammen mit „Zenobia" geflohen.
In „Aurelian" stieg Wut auf und er wollte nicht akzeptieren, dass er „Zenobia" immer noch nicht in seinen Händen hatte. So begann er mit seinen Nachforschungen und damit, die verblieben Generäle der Armee zu foltern.
Es brauchte nicht viel, um die notwendigen Informationen zu bekommen, denn die Menschen waren wütend auf „Zenobia", dass sie sie alleingelassen hatte, in dieser schweren Stunde. Sie konnte die Stadt nur so unbemerkt verlassen, weil sie ihre Fähigkeiten einsetzte, die sie durch eine Maschine erlangte, die von den

Göttern auf der Erde zurückgelassen wurde. So konnte sie aus der Stadt fliehen und sich in Richtung des Sassanischen Reiches aufmachen.

Noch am selben Tag nahm „Aurelian" mit tausend Soldaten die Verfolgung auf. Und nach nur zwei Tagen holte er sie in der Nähe des Euphrat ein und nahm sie gefangen.
Nach all der langen Zeit, fiel sie ihm in die Hände. Diese Närrin.
Einst dachte sie, sie sei von den Göttern erwählt und ihre Herrschaft würde sich weit über das römische Reich erstrecken.
Hier ist sie nun... in „Rom"... gefesselt... mit goldenen Ketten.
Mit dem Sieg über „Zenobia" konnte „Aurelian" - arrogant wie er war - seine Stärke demonstrieren und jedem der sich ihm in den Weg stellte, beweisen wie mächtig er war.

Seine Macht war von gieriger Natur. In einer dieser fürchterlichen Nächte kam ein Geistlicher zu ihm und berichtete ihm von einem magischen Gegenstand der in den Tiefen Palmyras versteckt sein sollte. Einem Gegenstand, den die Götter einst dort versteckten und der eine wundersame Energie ausstrahlte, eine Energie die ihn endlos herrschen lassen könne.
Die Worte weckten eine tiefe Gier in „Aurelian", obwohl er noch nicht einmal wusste, ob sie wahr waren.
Trotzdem war ihm sofort klar, dass er diesen Gegenstand besitzen wollte.
Doch er konnte nicht einfach seine Armeen befehligen. Er brauchte einen überzeugenden Grund die Stadt zu durchsuchen, um seine wahren, bösartigen Gründe vor aller Augen zu verheimlichen.
Und seine Augen waren blind für den Rest der Welt und sahen nur eines: Den versprochenen Gegenstand...

...

Das Lied und das Musikstück „Wanted the piece" ist verfügbar

...

Der Fall von Palmyra ist kein unbedeutendes Ereignis - nicht für mich, nicht für dich und erst recht nicht für Palmyra selbst.
Unerträgliche Demütigungen lasteten auf den Schultern der Stadt. Die Augen der Römer waren überall und hielten Ausschau danach, schnelles Geld zu machen.
Wie ein Fötus wuchs die Wut der Römer im Leib der Stadt, doch sie wartete nicht den Tag der Geburt ab um auszubrechen.
Die Palmyrerinnen und Palmyrer wehrten sich gegen die römische Besatzung, jedoch ohne Waffen oder Ausrüstung – es war eine schreckliche und erfolglose Revolution!

Schande über den, der all das erschuf.

Obwohl er eigentlich nichts damit zu tun hat.

Oder ist das, was „Sisyphus" tut doch real? Ich meine... wer ist der wahre Verbrecher in dieser Geschichte?!

Bereits andere haben über seine wohl durchdachten Pläne berichtet; aber heißt das, dass alles, was geschieht, auf ihn zurückzuführen ist?

All der Schmerz... all die Sorgen...

Mein Herz war gebrochen als ich die Ereignisse durchleben musste... und es bricht erneut, wenn ich davon berichte.

Doch mein Versprechen verdient gehört zu werden - ich bin bereit; ich erlaube meiner Seele in die Tiefen der Trauer zu sinken, ich werde mich nicht mehr um mich kümmern.

Wir sind uns sicher, dass wir uns in der **Schlussphase** befinden, oder?

Verdammt „Sisyphus"!

Ich ertrage deine Lügen nicht mehr!

Die Revolution war ein guter Anlass für „Aurelian" seine besten Soldaten zu versammeln und Palmyra Disziplin zu lehren.

Er war schnell und hungerte danach, zu erreichen, was noch kein Mann vor ihm erreicht hatte.

Und während sie auf ihrem Weg Richtung Palmyra waren schrie er nichts anderes als: „Rennt schneller!", das war der einzige Befehl den er seinen Soldaten gab.

...

Das Lied und das Musikstück „Run faster" ist verfügbar.

...

„Zur Hölle! Was ist das? WAS IST DAS? Es muss aufhören, sofort!" Das war alles war ich sagen konnte, ich - der „Beobachter".

Hast du mein Leiden unterschätzt?

Wehe denen die lügen! Wehe denen die gierig sind?

Ich erwarte ehrlich gesagt auch nicht mehr von euch, in der jetzigen, miserablen Situation.

Aber eines Tages, wenn ihr die Wahrheit vor Augen habt, werdet ihr verstehen.

Ihr werdet die Herzen der Kinder spüren die in Angst schlagen, werdet nicht verstehen können, wie die Flammen all die Häuser verschlingen.

Und ihr werden jeden Schritt spüren den die Väter und Mütter tun, um ihre Kinder zu schützen, jeden Schritt werdet ihr spüren.

Ihr Verlust ist wie das Erlöschen einer Kerze, bei der man alles dafür getan hat, dass sie leuchtet, leuchtet für eine hellere Zukunft.

Dem alten Mann "Juliad" erging es genauso. Seine älteste Tochter „Alexandra"
wurde vor seinen Augen getötet. Er war geschockt. Und doch schaffte er es
„Agatha" ein letztes Mal zu umarmen und sie auf sein Pferd zu heben und sie
fort zu schicken, damit sie überlebt.

Und die junge Frau „Agatha" – schon siebzehn Jahre alt – schaute zurück, mit
Tränen in den Augen, sodass niemand das wunderbare Farbenspiel ihrer Augen
erkennen konnte.

Sie musste mit ansehen, wie ihr Vater erstochen, das Theater niedergebrannt
und das Land von den Römern eingenommen wurde.

Das Pferd trug sie gen Norden, heraus aus der Stadt. Und obwohl es von einem
Speer verletzt wurde, ritt es weiter und brachte sie zu einer Oase mit
wunderbaren Palmen und saftigem Gras. Dort legte es sich hin und tat seinen
letzten Atemzug.

„Agatha", erschöpft und voller Trauer, legte sich neben das tote Pferd, um sich
an dem leblosen Leib zu wärmen.

Nach einigen Stunden wurde das Pferd kalt und sie verließ den Ort.

Ihr war kalt und sie war hungrig.

Schwere Verletzungen… innere Qualen… und tiefe Depressionen hatten den
Palast ihres Glückes zerstört.

Und mich, mich plagen noch immer die schrecklichen Schatten dieser Tage.

„Agatha" legte sich nieder, als erwartete sie die Kinder der Nacht…

Ich hoffte so sehr, dass sie sie nicht mitnehmen, zu ihrem Ort in weiter Ferne.
Schlaf meine Kleine und finde Ruhe unter den Sternen. Schlaf in dieser
wundervoller Nacht, wie früher bei deiner Schwester.

Ich weiß nicht, was dann geschah, weil ich sie nicht bis zum Ende beobachtet
habe. Ich wollte, dass es bei diesem friedlichen Ende bleibt und „Agatha" nicht
so krank und armselig zurück gelassen würde.

„Sisyphus" ist ein Sadist und all die Möglichkeiten die er schuf – es sind zu
viele.

Ich werde nun in ewigen Schlaf fallen; es muss so sein, es ist notwendig.

Es ist unumgänglich, dass unser Universum zu Grunde geht; Stück für Stück,
ein langsamer Tod!

Es liegt auf der Hand, dass ich die Erinnerungen bis dahin nicht ertragen kann…
Freude und Glück sind zu Grunde gegangen in meinem erschütterten Selbst.

Lebt wohl…

Ich hoffe, dass meine Briefe nicht zu schwer auf euch lasten.

…

Das Lied und das Musikstück „The best sleep" sind verfügbar

…

Beweisstück 1.4. ist beendet

...

KAPITEL 8

Entschlüsselungsmodus aktiviert

...

Datenvergleich

...

„Alala" wählt den Brief 0.13

...

Start

...

=[Alala]:

„Aaaaaaah!".

Oh, konntest du das hören?

Jegliche Geräusche verstummten, als er sich das Leben nahm. Seine Stimme versagte unter den unerträglichen Schmerzen und auch sein Wehleiden auf diesem grausamen Weg nahm ein Ende; all das – die Folge des Zustandes seines Gehirns.

Wellenrauschen war zu hören, doch das konnte auch nur eine Illusion sein – nur erschaffen für diesen Moment.

Wellen, die den Geist der Angst in euer Herz spülen.

Das ist der Grund, warum dein Körper für einige Minuten beginnt zu zittern und dir für einen kurzen Moment die Haare zu Berge stehen; um auf die Gefahr vorbereitet zu sein.

Es ist nicht unvermeidlich.

Trauert ihr um ihn?

Oder habt ihr nur Angst, dass es euch genauso ergehen wird?

Eure Antwort unterscheidet sich nicht von der Antwort derer, die vor euch da waren.

Es ist ganz einfach: ihr werdet diese Welt nicht leichtfertig verlassen wollen. Ihr seid schwach und eurer Instinkt wird immer über euren Verstand siegen.

Gebt euch nicht die Schuld dafür. Wer von uns möchte schon wie ein Sklave behandelt werden?

Es ist eine furchteinflößende Vorstellung, die gleichen, unangenehmen Aufgaben Tag für Tag machen zu müssen.

Aber natürlich gibt es bei allem, was wir uns vorstellen können, eine positive Seite; für manche erzeugen die Geräusche und eben dieses Zittern Glück.

Sie wirken wie Medizin, um aus ihren gebrochenen Herzen etwas neues, fröhlicheres zu erschaffen.

Das verschafft ihnen das gleiche Glück, das Menschen empfinden, die ein Ziel erreichen, dass sie gar nicht angestrebt haben.

„Sisyphus" ist eine sadistische Ratte, das wurde mehr als deutlich.
Auf der Suche nach einem nie gehörten Klageschrei.
Wie ein Koch, der sich mit dem gewöhnlichen Salz nicht mehr zufrieden gibt, und deswegen zum Hafen am Meer geht und nach indischen Gewürzen Ausschau hält, die seinen Wünschen entsprechen und seinen Tag retten würden.
Doch all diese Gerichte liegen bereits vor uns, stets bereit uns die nötige Energie zu schenken, die wir so sehr gebrauchen können.

Du denkst vielleicht, all das ist nur eine von vielen Optionen.
Überprüfe deine Informationen.

Es sind die kleinen Details, die dafür sorgen sollen, einen möglichst reibungslosen Zeitverlauf zu garantieren.
Manchmal erlebst du den Durst nach Schmerz und manchmal das Verlangen nach Füßen.
Abweichungen und Täuschungen, könnt ihr sie sehen?
Es kommt nicht darauf an, welche Worte ihr wählt oder wie ihr euch ausdrückt, um die Ereignisse zu beschreiben.
Sie werden immer als ein Wunsch zurück bleiben, der Durstige wird immer nach Wasser suchen.

Und du, wirst du ihnen helfen?
Wirst du nach einer Lösung suchen, wenn ihre Lösung unerreichbar ist?
Was, wenn du weißt, dass es Freude über alle bringen wird?
Was, wenn du verhindern kannst, dass sie all das Stöhnen hören?
Das ist schon einmal passiert und ganze Zivilisationen sind zu Grunde gegangen, wegen einer ungewollten Bestechung. Um sie zu vermeiden ist nur ein kleines Gegenmittel von Nöten.

Obwohl du es als eine Anomalie wahrnimmst, die vielleicht bösartig ist.
Sie verbleiben in jedem einzelnen, sind unerkannt, tun ihre geliebte Arbeit. Wie in unbekannten Völkern oder dort wo niemand irgendwelche Informationen über die anderen hat.

Ihr habt gesehen, was bei den Experimenten in den Gefängnissen passiert ist?

Es gab Menschen, die sich unerwarteter Weise in diktatorische Foltermaschinen verwandelt haben!
Und die Unterdrückten haben furchtbar gelitten.
Was waren das für Geschehnisse? Unter den Augen von uns allen und niemand war schuldig, niemand.
Und in einer anderen Geschichte, haben unerfahrene Kinder eine hilflose Katze gefoltert.
Es war nicht ihr Ziel eine Diktatur zu errichten oder die Fahne der Gerechtigkeit zu hissen.
Es waren kleine Programme, die ihren programmierten Instinkten folgten, um die Befehle auszuführen.
Und was ist mit den Ländern, die in einer Diktatur leben und Prinzipien mit unverständlichen moralischen Standards haben?

Es muss festgehalten werden, dass auch das akzeptiert werden muss, wenn es einem persönlichen Interesse dient.
Wie die Fabriken zur Produktion von Nahrung, die Psychiatrien und die Theater.
Denkt ihr nicht, dass „Sisyphus", in dieser schmerzlichen Simulation, ein Gott war, der am ehesten in seiner Ekstase versinkt?

Verachtet ihn nicht.
Und erinnert euch an meine Liebe.
Ihr hattet Sex, ihr habt wundervolle, unvergessliche Dinge gekostet.
Hofft lieber zu diesen fröhlichen Details zurück zu kehren.
Und jetzt? Schaut euch eure Hände an, Hände die ihr stets getäuscht habt, im Glauben an die Unschuld an diesen globale Verbrechen.
Ja! Es gibt eine Person die leidet, während eurer glücklichen Ekstase.
Ihr wisst nicht wer leidet, damit ihr eure süße Schokolade essen könnt.
Ihr realisiert nicht, wie schwer es ist die Dinge herzustellen, die euch wiederfahren; Tag für Tag.

Keine Sorge, es ist nicht eure Schuld.
Ihr seid dazu entschlossen, das zu tun, wofür ihr bestimmt seid.
Die ganze Existenz und die festen Säulen würden sonst zerfallen.

Aber es bleibt unverzeihlich sich so zu verhalten.
Und jeden Tag hört ihr von einem neuen Diktator, der ein neues Massaker zu verantworten hat, das nicht zu vergeben ist.

Das Ergebnis?

Der Verbrecher wird auf eine ungeheuerliche Weise behandelt!

Natürlich ist das nicht zu akzeptieren!

Wer von euch es wagt, der Gruppe nicht zu gehorchen, wir einen schmerzhaften Tod erleiden, der schnell an sein Ziel kommen will.

Jedes Ziel, egal welches.

Ich, Ihr, sie oder er; er, von dem ihr immer gehört habt!

Ich versuche nicht den Sadismus zu rechtfertigen oder zu akzeptieren, ich versuche nur zu vereinfachen, was jetzt kommen wird.

Es geht um die Beziehungen der Charakteren in dieser Geschichte und um den Schmerz der gewebt wird, um früher oder später zum Vorschein zu kommen.

Und während die Ereignisse in Stellung treten und geschehen werden, beschäftige dich mit der Frage: Freut sich die gequälte Person, freut sie sich?

…

Das Musikstück „Alala" ist verfügbar

…

Das Beweisstück 0.13. ist beendet

…

Kapitel 9

Entschlüsselungsmodus
...
Datenvergleich
...
Erinnerungsmodus aktiviert
...
Erzähler wählt Beweis 1.5
...
Erste Simulation
...
Start
...

=[Erzähler 1]:
Es war die Stunde, in der der Mond der hellste Punkt am Nachthimmel war und sein Licht durch die Palmenblätter auf die dunkle Haut von „Agatha" schien.
„Thanatos", der Sohn der Nacht, erschien. Er, der bereits von den Programmierern der Siebten-Version der Simulation programmiert wurde. Seine Aufgabe bestand darin, die Dinge, welche ihre Funktion nicht mehr erfüllen konnten, aus der Welt zu entfernen.
Aus Gnade oder aus Mitgefühl für sie, in ihrer schwersten Stunde; weil sie unendliche Schmerzen erlitten, genau wie ihr.
Er ist keineswegs einzigartig, er ist ebenso wie die Monster der Meere, denn auch er besitzt Kräfte, die den physikalischen Gesetzen trotzen.
Er kann fliegen, kann die Dunkelheit erhellen und sehen, was sich hinter den Dingen verbirgt.
Außerdem besitzt er einen nützlichen Stab mit elektrisierenden Fähigkeiten, ausgestattet mit einer harmlosen kleinen Flamme, die er dazu verwendet, das Leben der Menschen in vollkommenem Frieden zu beenden.
Und nun... steht er neben der hilflosen „Agatha", um auch bei ihr zu tun, wozu er erschaffen wurde.
Sie war müde und schläfrig, gebrochen und schwach und die Folgen des Krieges waren deutlich spürbar; das trockene Blut auf ihrer Kleidung und die Wunden, die noch immer nicht verheilt waren.
„Thanatos" schob die Palmenblätter über ihr zur Seite und ließ sie mit seinen Kräften gen Himmel aufsteigen.
Er schaute sie mit zärtlichem Blick an und fragte sich: „Warum bin ich mit einer so schweren Aufgabe, wie dieser gestraft?"
Und aus einem Gefühl der Überwältigung stellte er sich diese Frage wieder und wieder; oder um es deutlicher zu sagen: er war schwach, denn ein 17jähriges

71

Mädchen zu töten, war lange nicht so einfach, wie er erwartet hatte. Es ist notwendig seinen Charakter neu auszurichten und ihm ein Update zu geben, um so eine Sensibilität und solche Gefühle in Zukunft zu vermeiden.

Aber zu diesem Zeitpunkt war es noch der empathische „Thanatos".

Also ließ er sie langsam wieder in den Sand sinken und versorgte ihre Wunden mit Hilfe der Kraft seiner speziellen Fähigkeiten.

Dann nahm er sie mit sich in die Berge an der syrischen Küste, wo er in einer Höhle mit Blick über die weiße See, lebte.

Der Weg war nicht weit; es war wie in einer persönlichen, digitalen Erinnerung; wo alle Informationen mit einer konstanten Geschwindigkeit übertragen werden und man eigentlich das Gefühl hat, man lebt nur in dieser Erinnerung. All diese Dinge blieben „Thanatos" Geist nicht verborgen.

Und in diesen Momenten schaute er zum Horizont und dachte über seine Entscheidung nach: sie hier zu lassen oder mitzunehmen?

Was werden die Konsequenzen sein? Wird er mit ihr zusammenleben? Oder sie einfach hier alleine lassen?

Doch die Zeit spielte in diesem Moment gegen ihn, denn „Agatha" wurde wach und wunderte sich, dass ihre Wunden verschwunden waren.

Sie stand auf ihren schmutzigen Füßen und ging zu ihm, um zu erfahren, was passiert war.

Und während sie sich ihm näherte, drehte er sich um. Da erschrak sie, geriet in Panik, schrie und lief davon, in den nahe gelegenen Wald. Währenddessen rief sie: „Monster! Ein Monster! Helft mir!".

Doch „Thanatos" hat – wie ich bereits erwähnt habe – unvorstellbare Kräfte und zögerte nicht sie zu gebrauchen, also hob er sie erneut in die Luft, ließ sie verstummen, brachte sie zurück zu der Höhle: „Hab keine Angst, kleines Mädchen. Komm erst einmal ein wenig zur Ruhe, ich erkläre dir in der Zeit wer ich bin und mache dir etwas zu Essen. Bist du nicht hungrig?", sie nickte und bedeutete ihm so, dass sie sein Angebot gerne annahm.

Es dauerte nicht lange und er hatte etwas Fisch zubereitet, den er mit Hilfe eines Feuers gegrillt hatte. Während sie aßen erzählte er ihr von sich und seiner außergewöhnlichen Familie. Seine Mutter, die Nacht selbst, seine blutrünstigen Verwandten und seine pfiffigen Cousins. Und darüber, wie sich sein Leben von dem der Menschen unterscheidet. Für ihn war es wie in einem Theaterstück: Die Menschen sind die Schauspielerinnen und Schauspieler und sie (die Software-Tools sind wie die Arbeiterinnen und Arbeiter hinter der Bühne. Er jedoch ist gebunden an seine mühsame Aufgabe, die er hier und heute nicht in der Lage war, richtig zu erledigen.

…

Er reichte ihr den fertigen Fisch, doch sie wusste nichts damit anzufangen und lehnte ab. Da verstand er, wie schwierig die Situation werden würde und dass er ihr nicht nur erklären musste, wer er war, sondern auch, wie die Welt funktionierte. Es gab so viel, dass sie noch nicht wusste, weil ihre Schwester sie davon fern gehalten hatte.

Also begann er ihr von der Welt zu erzählen und mit ihr in Gedanken zurück nach „Palmyra" zu gehen. Er erzählte ihr, warum sie Stadt so wichtig war und warum sie zerstört wurde. Sie unterbrach ihn und fragte: „Wer hat befohlen sie zu zerstören? Wer ist der Kommandant der so viele Soldaten mitgebracht hat?", er erklärte ihr alles und wollte fortfahren.
Doch sie unterbrach ihn erneut: „Und du, kannst du ihn nicht töten? Lass uns zurück kehren und Rache nehmen!" er lachte und sprach: „So einfach ist es nicht, außerdem kann ich noch nicht abschätzen wie gefährlich es für mich ist, dich am Leben zu lassen; Ich muss dafür sorgen, dass du von der Bildfläche verschwindest", seine Antwort rief einen Blick der Enttäuschung auf „Agathas" Gesicht hervor.
Er konnte diesen Blick nicht ertragen, schaute sie voller Barmherzigkeit an und ließ sein Herz sprechen: „Aber wir müssen gut trainieren, damit du der Aufgabe gewachsen bist. Wir werden gemeinsam einen Plan schmieden, um ihn zur Strecke zu bringen. Ist das für dich in Ordnung?", da sprang sie auf ihn zu und umarmte ihn voller Glück: „Ja 'Thanatos'! Ja!".
Glücklicherweise hielt „Thanatos" sein Wort. In den folgenden Tagen war er auf Schritt und Tritt bei ihr und ließ sie für keinen Moment allein.
Eines Nachts wollte die junge Frau mehr über „Thanatos" wissen und machte ihn mit ihren Fragen ganz müde:
- „Bist du ein Gott? Ich habe deinen Namen schon früher in den Tempeln gehört. Wie bist du auf diese Welt gekommen?"
- „In gewisser Weise bin ich ein Gott, ja, aber nicht…"
- „Und?... Was bedeutet das? Glaubst du nicht, dass ich mir diese endlosen Geschichten und deine unverständlichen Antworten nicht selbst denken kann?"
- „Hahaha, hast du dich noch immer nicht an mich gewöhnt, meine Kleine? Ja, wir sind Götter, eure Götter, oder – damit du mir glaubst – wir sind Boten, ein Werkzeug zur Kommunikation, um euch zu formen, wie sie euch geformt haben wollen."
- „Sie? Wer sind sie?"
- „Ich weiß es ehrlich gesagt nicht genau, aber „Radhunan" weiß viel mehr darüber als ich. Wenn ich mich richtig erinnere hat er mir erzählt, dass es

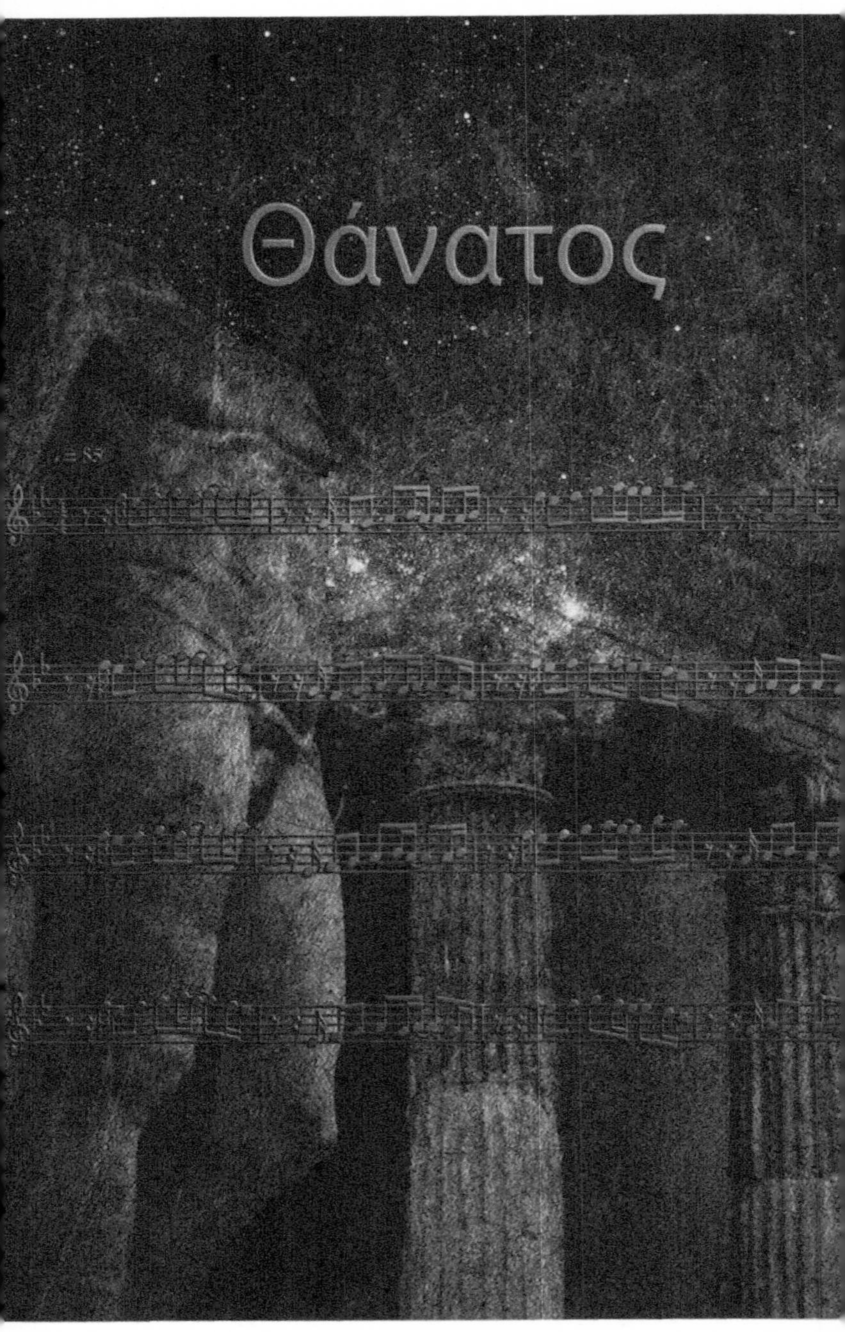
Θάνατος

unendlich viele von ihnen in unserem Universum gibt, vielleicht sind es auch Götter. Ich kann es nicht leugnen, aber wir... wir sind nur Werkzeuge in ihren Händen."

- „Das ist seltsam... und es passt nicht zu den Geschichten, die meine Schwester mir erzählt hat."

- „Was weiß deine Schwester schon? Ein wenig Kunst und ein Gedicht, mit dem sie dich jeden Abend in die unsichere Welt der Träume schickt? Und nun bist du hier, alleine, gebrochen und deine Schwester ist vielleicht schon in der sandigen Stadt verbrannt."

- „Schweig! Sie war eine der stärksten Trainerinnen im ganzen Reich!"

- „Das sehe ich ja! Du kannst noch nicht einmal diesen Zweig zerbrechen und weißt nicht einmal, was Fisch ist."

Da wurde „Agatha" so wütend, dass sie mit einem einzigen Schlag die Wand der Höhle durchschlug!

- „Ahhhh! Wie hast du das gemacht? Bist du eine von uns?"

- „Darum hat meine Schwester mich vor der Welt bewahrt, seit ich klein bin. Ich habe die Macht zu Zerstören und niemand weiß woher. Ich bin mir sicher, dass das Schicksal meiner Stadt ein anderes gewesen wäre, wenn sie mich nicht am Kämpfen gehindert hätte."

- „Ich bin mir sicher, dass ihr Schicksal ein anderes gewesen wäre und auch, dass es eine Quelle für deine Macht gibt, die *sie* nicht kennen. Oder wie wir *sie* nennen „Die Gestalter".

- Ein komischer Name, aber nicht komischer als die anderen, ungewöhnlichen Namen in dieser Welt, wie „AL-Lāt" oder "AL-'Uzzā"."

- „"Für mich klingen sie nicht komisch."

- „Weil du einer von ihnen bist?"

- „Nein. Der Grund ist ein anderer."

- „Erzähl ihn mir."

- Ich kann ihn dir nicht verraten."

- „Warum nicht?"

- „Ständig unterbrichst du mich und wirfst mit Vermutungen um dich, was denkst du, wer ich bin, genauso ein Kind wie du?"

- „Und ich, denkst du ich werde es dir so schnell vergeben, dass du dich über meine Schwester lustig gemacht hast?"

- „Glaubst nicht, dass sie uns für immer verlassen hat und nie zurückkehren wird?"

- „... Ich wünschte ich könnte sie noch einmal sehen... nur für ein paar Stunden oder Minuten oder sogar Sekunden..."

- „Ich verspreche dir, dass du sie eines Tages widersehen wirst."

Und da lösten sich ihre Zorneswolken in helle Sonnenstrahlen auf, die sich danach sehnten den Mond zu erblicken.
Unglaublich wie wunderbar ihre gemeinsamen Erinnerungen sind. Ich wünschte unser aller Beziehungen wären so, wie diese Erinnerungen.
Weißt du, lieber Leser, liebe Leserin, um die schwachen Beziehungen zu unseren Mitmenschen?
Die meisten Gesellschaften wollen ihren Wohlstand vergrößern und hören dabei nicht auf ganze Planeten, Galaxien und ein ganzes Universum zu zerstören.
Ein ganzes Universum! Kannst du das glauben?
Und darum beneide ich die Erinnerungen von „Agatha" und „Thanatos"', wie sie wie Samen im Garten der Zeit wachsen, um gegen den Willen des Tyrans anzukämpfen.
Und ich, ich bleibe ein stiller Sklave und diktiere, was die Zeit mir vorgibt.
Das System braucht konstante Grundsätze und um eure Ziele zu erreichen, braucht es ein striktes Regime, dafür werde ich mich opfern.

Wochen und Monate vergingen und das Training wurde immer härter und hörte niemals auf. Niemals war „Agatha" faul oder gelangweilt.
Das Mädchen war fleißig und ihr Trainer „Thanatos", verbesserte ihre Fähigkeiten immer mehr, sodass sie den meisten Gefahren gewachsen war.
Und weil er so zufrieden mit ihr war, wollte er sie belohnen und kreierte ein Wesen, das ihrer verstorbenen Schwester bis auf jedes Detail glich.
Als Überraschung erschuf er ein Wiese voller bunter Blumen, in Mitten des kalten Wintersturms.
Jeden Moment sollte die junge Frau erscheinen. Nach einigen Momenten bemerkte „Agatha" etwas ungewöhnliches in der Nähe ihrer Höhle, ging näher darauf zu, um einen Blick zu erhaschen: „Was ist das?! Grünes Gras, trotz des kalten Winters!". Sie ging noch näher heran und spürte Wärme auf ihrer Haut, als stünde sie in Mitten einer grünen Wiese. Und da sah sie das Gesicht ihrer Schwester. Sie lief auf sie zu: „Meine Schwester! Alexandra! Du bist am Leben?!".
Und sie umarmten sich mit Tränen in den Augen:
- „Alexandra… wenn du wüsstest, wie sehr ich dich vermisst habe…"
- „Ich weiß wie du dich fühlst, auch ich habe dich mit ganzem Herzen vermisst."
- „Wie hast du mich gefunden? Und warum hat es so lange gedauert? Wenn du wüsstest, wie sehr ich deine Zärtlichkeit gebraucht habe?"

- Die Götter haben mich dich treffen lassen, du bist unschuldig, sie lieben dich, jedoch nicht so sehr, wie ich dich liebe!"

- „Die Götter? Aber „Thanatos"... er hat mir von ganz anderen Geschichten erzählt, als du es getan hast."

- „Ja, ich weiß, dieser Idiot ist nur gut genug, um Geschichten für Romane zu ersinnen. Er liebt dich. Doch gibt acht und gehe nicht zu weit mit ihm. Er nutzt deinen unschuldigen Humor aus."

- „Ich verspreche es dir, meine Liebe, ich verspreche es. Wir werden uns rächen."

- „Ich kann es kaum erwarten, dass die Geschichte Wirklichkeit wird und sie nicht mehr vor der Welt versteckt werden kann."

- „Ich liebe dich."

- „Ich liebe dich auch, kannst du dich noch an das Gedicht erinnern?"

- „Das Gedicht? Oh ja, es fing immer mit meinen Augen an und ging dann mit unseren wunderbaren Träumen weiter. Am Ende haben wir die Sterne gezählt."

- „Sag es auf, ich möchte es hören."

- „Nun", antwortete sie und ihre Augen füllte sich langsam mit Tränen:

„'Agatha', deine wundervollen Augen sind einzigartig in dieser Welt.

Ein warmer Frieden umarmt uns, ein gemeinsamer Traum.

Und die Sterne, die Sterne sie lieben dein Lächeln.

Wirst du sie zählen, um in das Land der Träume zu gelangen?"

...

Das Lied „Nostalgic" ist verfügbar

...

„Alexandra" lächelte und umarmte sie und sie lagen sich in den Armen, bis „Agatha" eingeschlafen war. Und kaum das sie eingeschlafen war, verschwanden auch die Bilder um sie herum. „Thanatos" brachte sie zurück zur Höhle, weil es im Schnee zu kalt werden würde. Dort in der warmen Höhle, konnte sie friedlich weiter schlafen.

Nach wenigen Stunden verließ sie den tiefen Ocean des Schlafes und die wunderbaren, aber nicht realen Bilder aus ihrem Heimatland und erwachte. Mit dem Erwachen kam auch der Wunsch nach Rache stärker denn je zurück, also begann sie eifrig ihre Pläne an die dunklen Wände der Höhle zu zeichnen. In diesem Moment kam „Thanatos" in die Höhle und erkundigte sich nach dem was sie da tat. Voller Aufregung antwortete sie ihm:

- „Ich arbeite an einem perfekten Plan, um Rache zu nehmen an dem, tyrannischen Barbar!"

- „U...und wie lautet der Plan?"

- „Nun, ich…, also ich werde mich in seinen Palast schleichen und ihn fesseln und ihn u…und seine Familie auch. Dann werde ich seine kleinen Kindern vor seinen Augen grausam foltern. So grausam, dass er es selber ganz tief und schmerzerfüllt in seinem Inneren spürt. So grausam, dass es seine Seele brechen wird. Ich will, dass er…. dass er w…weint und lauter schreit als seine Kinder. Und wenn… wenn ich mit einem nach dem anderen fertig bin und sie alle getötet habe, werde ich zu ihm gehen und meine Rache bekommen, indem ich das gleiche mit ihm tue."

- „Aber ‚Agatha', warum willst du all das tun? Warum tötest du ihn nicht einfach, sondern musst unschuldige Menschen foltern, die nichts mit dem Krieg zu tun haben. Nur weil ihr Vater der Kommandant ‚Aurelian' ist?"

- „Sie sind sein Ebenbild, sie werden ebenso sein wie er."

- „Sein Ebenbild? So ist das Leben hier nun mal! Und wenn sie es nicht tun würden, würde es ein anderer tun."

- „Das viele Gerede wird uns nicht helfen. Ich habe meinen Weg gewählt und ich werde ihn bald gehen."

- „Welchen Weg du Närrin?" *(sagte er, während er zur Wand ging, um „Agathas" Pläne zu entfernen)*

- „Lass das und verschwinde!"

- „Nein!"

Ihre Unterhaltung endete in einem hässlichen Kampf, in dem sich beiden niederschlugen.

Ein trauriger Moment für „Thanatos" den er nicht hatte kommen sehen. So stand er da und sagte, bevor er die Höhle verließ traurig,: „Ich werde ihn töten. Bleib du hier und verlasse diese Berge nicht. Es wird nicht lange dauern.". Und so verließ er die Höhle, ohne sie noch einmal anzuschauen.

Und wie immer sollte er sein Wort halten. Er ging Richtung Norden, um „Aurelian" zu suchen. Schließlich fand er ihn, umgeben und gut bewacht von seinen Soldaten. Er nahm die Gestalten von einem von ihnen an, um sich besser einschleichen zu können. Niemand konnte ihn erkennen, denn er bewegte sich genauso wie die anderen. In einem unbeobachteten Moment zog er „Aurelian" unbemerkt in einen leeren Raum und brachte ihn sanft zu Boden.
Und so unbemerkt starb der bisher ungezähmte Herrscher.
Niemand wurde gefoltert und kein Kind musste sterben.
Und die Nachricht verbreitete sich quer durch das ganze Land, wie Blut, dass durch den Körper fließt. So erfuhr bald auch „Agatha", was passiert war und wartet auf die Rückkehr von „Thanatos".

Bei Sonnenuntergang kehrte „Thanatos" zur Höhle zurück und erwartete „Agatha" voller Freude dort anzutreffen, doch das Mädchen war alles andere als froh und schaute ihn verächtlich an: „Was hast du getan?" fragte sie.

- „Was ich tun musste."

- „Was? Willst du mich für dumm verkaufen? Warum hast du mich davon abgehalten meinen Plan in die Tat umzusetzen? Schau, seine Frau regiert das Land nun, und sie tut es auf die gleiche Weise wie er."

- „Was meinst du? Wolltest du nicht Rache an ihm nehmen?"

- „Das wollte ich, aber jetzt bist auch du zu meinem Feind geworden „Thanatos". Ich brauchte niemanden der mir Vorschriften macht, außerdem ist dein mächtiger Stab sicher nützlich!"

- „'Agatha'... ist es wirklich das, was du willst?"

- „Ja!"

- „'Agatha', ich frage dich noch einmal: ist es wirklich das, was du willst?"

- „Ja! Ja, mit meiner ganzen Kraft."

- „Wenn du wüsstest, was für dich vorgesehen ist...das ich ihn getötet habe war für niemanden nützlich außer für dich. Ich werde unweigerlich entfernt werden, genauso wie es „Zeus" und seinem Bruder vor mir ergangen ist, als sie versuchten, sich mit dem Schicksal anzulegen..."

- Was willst du mir damit sagen, du Dummkopf? Was für ein Schicksal und was für ein Nutzen?"

- „...was wirst du jetzt tun? Ich bereue, was ich getan habe... die größte Reue, die ich je empfunden habe... ich hätte dich niemals retten und trainieren sollen und niemals hätte ich dir all die Weisheiten beibringen sollen."

- „Das werden deine letzten Worte gewesen sein."

- „Wenn ich es will, werden es **deine** letzten Worte sein. Was meine Berechnungen ergeben, ist weitaus tödlicher als das, was jetzt passieren wird."

- „Berechnungen? Das ist nichts als Gerede" *(sagte sie und kam etwas näher)*

- „Bleib wo du bist *(dabei richtete er seine Finger auf sie)*, du musst dich nicht um meinen Tod kümmern, das werde ich selber tun. So wie ich es schon Millionen Male zuvor getan habe und mein Stab wird mit mir verschwinden." *(und er rannte aus der Höhle)*

- „Nein! Tu das nicht!" *(schrie sie und rannte ihm nach)*

...

Das Musikstück „Remorse" ist verfügbar

...

Doch der verzweifelte "Thanatos" wartete nicht auf sie, er verließ die Höhle, setzt sich an den Rand des Waldes und begann sich mit seinem Stab zu malträtieren, um ganz allmählich seinen Tod herbeizuführen. Da plötzlich ging ein helles Licht von seinem Körper aus, das die Dunkelheit der traurigen Nacht erhellte und den Wald durchflutete. Sein Körper und sein Stab lösten sich auf, sodass jedes Anzeichen für seine Existenz verschwand.

Ich kann nichts sagen, außer, dass es eine schmerzvolle Erinnerung ist. Eine Erinnerung in der „Agatha" sich von einem Mädchen mit einem guten Herzen in eine nach Rache dürstenden Frau verwandelte, die nur schwer aufzuhalten war.

Sie **scherte sich nich**t um den Tod ihres Retters, sondern ärgerte sich nur, dass sie den Stab mit seinen Kräften, nicht an sich hatte nehmen können.

Sie kehrte in die Höhle zurück und überdachte ihren Plan. Noch immer fest entschlossen die gesamte Familie von „Aurelian" auszulöschen.

Was „Sisyphus" betrifft: er war wirklich glücklich. Sein Plan ist aufgegangen, genau wie er es sich erhofft hatte und in seinen Träumen war das große Ziel bereits erkennbar.

Ich schaue ihm in die Augen, während er die Ereignisse in dem Wald, der auch nur aus Zahlen besteht, betrachtet; es erinnerte mich an ähnliche Situationen, wie wenn ein Ingenieur sein Projekt betrachtet, wie es die schwierigste Stufe übersteht, wie ein Programmierer, der seine ersten tausend Zeilen ohne Schwierigkeiten und ohne eine Lücke gemeistert hat, oder auch wie eine Mutter, die gerade ein Kind in die Welt gesetzt hat, dessen Zukunft ungewiss ist. Immer neue, sich wiederholende Ereignisse, die durch ihre Existenz den Verlauf der Geschichte verzerren, denn was „Sisyphus" beabsichtigt, ist ein wichtiger Teil des Endes, das vor uns liegt.

Interessant nicht wahr?

Eine wundervolle Geschichte, dessen Zeilen du überall wiederfinden kannst, sodass es schwierig für dich sein wird sie zu ignorieren.

…

Das Lied und das Musikstück „Through the forest" sind verfügbar

…

Beweis 1.5. ist beendet

…

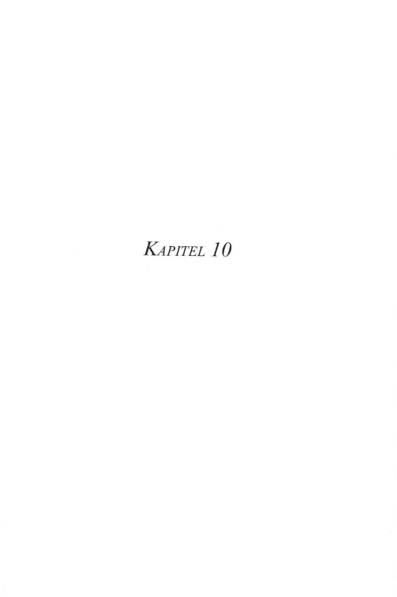

KAPITEL 10

Entschlüsselungsmodus aktiviert
…
Datenvergleich
…
„Am-No-Tanabata-Hime" wählt den Brief 0.14
…
Start
…

=[Am-No-Tanabata-Hime]:
Zu aller erst: Die Menschen sind so genügsam.
Wie eine Tasse Tee, die du mit allem möglichen befüllen kannst. Den Inhalt
auszutauschen ist nicht schwer.
Kein Wunder! Der Mensch wurde nur für ganz bestimmte Aufgaben entwickelt.
„Thanatos" und „Agatha" sind die besten Beispiele dafür.
Einer von ihnen muss seiner Arbeit nachgehen und die andere änderte all ihre
Vorstellungen, um den Anforderungen in „Sisyphus" Simulation besser zu
entsprechen.

Für manche beängstigend, für andere amüsant.
Sei nicht überrascht, mein Freund, versuche dich besser an die furchtbaren
Veränderungen anzupassen.
Sie sind ganz nah, kommen dem Herz immer näher.

Und es gibt jene, die das Bittere im Kaffee genießen und solche die Genuss an
der Härte jener Tage finden.
Und ja – es gibt auch Menschen, die Freunde an der Folter finden.
Werden selbst gedemütigt und hoffen dennoch auf den nächsten Peitschenhieb.

Diese Art des Vergnügens ist ihr Antrieb, es bringt sie vorwärts auf ihrer
ereignislosen Reise durch die Zeit.
Und wir sehen, dass diese Art des Vergnügens sich auf eine Weise verändert,
die sich nicht mehr viel von einem dunklen Gefängnis unterscheidet. Ein Ort
den der Gefangene nicht selbst gewählt hat, der ihm auferlegt wurde, auf Grund
von Gesetzen, die er nicht wählen konnte, die er nicht einmal akzeptiert.
Es liegt an euch, während des Formationsprozesses, eine Blaupause der Zukunft
zu entwerfen, von der du entweder ein Teil bist oder nicht darin vorkommst. In
jedem Fall wird sie dich nutzen!

Der Geringverdiener oder der Kopf eines Unternehmens, dessen Profit nicht aufhört zu wachsen.

Beide unterliegen einer Verfassung, die ihnen ihren Platz zuweist.

Beide sind vielleicht nicht zufrieden, aber sie werden es nicht wagen Opfer zu bringen. Vielleicht zusammen mit wenigen Anderen, aber das wird nicht zum Erfolg führen.

Schau in die Vergangenheit und sag mir, wie viele Revolutionen erfolgreich waren?

Dass es sich auch nur im Mindesten gelohnt hat...

Andere haben eine ganz andere Geschichte. Der Masochismus dieser Welt lässt sich in unterschiedliche Arten aufteilen:

Erstens: Das Opfer das verfolgt wird von seinem Willen und seiner Traurigkeit, auf der Suche nach jemanden der es rettet, es aus der Dunkelheit seiner Grabstätte holt.

Weinend und seufzend, aber nie in Bewegung.

Jeden Morgen sieht sie den Fluchtweg vor sich, während der, der sie Unterdrückt, neben ihr im Bett liegt.

Es gibt so viele Möglichkeiten, die vor ihr liegen; sie kann in die ersehnte Freiheit kriechen, aber der stetige Trost in ihrem ewigen Käfig hindert sie daran, sie zu ergreifen.

Und so zieht sich das gleiche Schicksal durch unzählige Generationen und wird durch falsche Mythen weitergegeben.

Sie erzählen euch von Revolutionen, die zu früheren Zeiten in anderen Welten stattgefunden haben.

Sie haben nie in dieser Zeit, in diesen Welten gelebt und werden es auch nicht, solange sie die Lügen und Träume daran aufrecht erhalten, in der Hoffnung auf ihre falschen Erfolge. Beharrlich verehren sie ihre eigenen Henker, den, der die Macht hat, sie in Bewegung zu versetzen.

Und daran finden sie Befriedigung, weil sie glauben ihre Mission so am besten zu erfüllen.

Denn ein Leben ohne Ziel darf es nicht geben. Und das er dich verlässt, wird dazu führen, dass du endgültig vom Weg abkommst.

„Ich bin dein untertänigster Diener, O du, der du der Größte bist, erbarme dich, während du mich leiden lässt."

Erschreckende Worte, die von meinen Leute wieder und wieder gesprochen wurden, in der Hoffnung auf ein friedliches Ende. Doch alle wurden sie unterdrückt und wer würde dem König schon wiedersprechen?

Und sollte es geschehen, würde der dunkle Zyklus von neuem beginnen, alle würden gefoltert und niemand hätte etwas davon.

Es sind zu viele Ideen, die sich in den naiven Köpfen der Menschen verbreiten, die nichts mit der Realität zu tun haben; Freiheit.

Zu viele sehen die Sklaverei aus einer unschönen Perspektive und verstehen nicht, dass sie ein unvermeidlicher Teil von so vielem ist.
Es sind die Überreste einer Zeit und seine Sonne wird niemals verschwinden.
Dabei geht es nicht allein um die hinterhältigen Meister!
Diejenigen, die ihr Eigentum foltern, weil sie ihre, ihnen auferlegte Pflichten nicht erfüllen.
Auch dir wurde dein Leben aufgezwungen. Du konntest dir deine Charaktereigenschaften nicht aussuchen und es kann nicht bezweifelt werden, dass die Zuteilung völlig wahllos geschieht. Wie kannst du also noch immer an den Traum von Freiheit glauben?

Es ist wie mit der Sprache. Du kannst niemanden verraten, wenn du die Worte nicht kennst. Deine Möglichkeiten sind beschränkt, wenn dir nur wenige Worte zur Verfügung stehen.
Und wenn du reduzierst wirst und nur bestimmten Dingen ausgesetzt bist, dann bist du nicht mehr frei, sondern wie eine feste Form und deine Prinzipien werden nichts mehr taugen.

Wenn du also mit blinden Augen auftrittst, wirst du Teil eines untrennbaren Kreises der Zeit, der verbunden ist, durch unzählige Punkte, sodass die trivialsten Details, plötzlich Bedeutung bekommen.
Und so bekommen auch unsere Geschichten eine Bedeutung.

Es wird niemals versklavte Menschen geben, es sein denn, es gibt unter ihnen einen nach Macht dürstenden Hirten.
Und der Tyrann wird die Herrschaft über die Gemeinschaft nicht so einfach erlangen, wenn es keine Pauschalisierungen gibt.
Es gibt eine Einigung;

Und so scheint die Schuld nur bei dem Verantwortungsträger zu liegen und die Öffentlichkeit kann sich entspannen und mit ihrem betäubten Gewissen in Ruhe schlafen.

Somit ist auch die Intention deutlich, dass es keine Schuld gibt, sondern dass die Entscheidungsträger die Verurteilten sein müssen, sodass das Geld und die Diener auf das Signal warten, um ihren Dienst an der Gesellschaft zu tun.

Und hat die Mehrheit ein Problem – auf wen werden die Kämpfer mit ihren Fingern zeigen?

Auf diejenigen, die verpflichtet sind, für Gerechtigkeit zu sorgen.

Warum sehe ich euch in Verwirrung gefangen?

Ein einfaches Beispiel steht tapfer vor euch!

Schaut es euch behutsam an! Ihr werdet es in euren späteren Diskussionen brauchen, um eine Meinung zu vertreten, dessen Inhalt ihr selbst nicht in Gänze versteht.

Wenn das Kind zu Hause krank und wenn die Kuh im Stall müde wird, wenn das Essen im Laden verdirbt, dann wird deine Pflicht dir sagen, dass es jemanden gibt, der es richten wird, dass der für die Organisation verantwortliche Organismus sich dieser Verantwortung nicht entziehen kann, auch nicht mit dem Tod.

Die Masochisten genießen mehr Luxus als andere, denn sie profitieren von alle dem!

Weder ist er zu irgend etwas verpflichtet, noch muss er seine Pflicht tun. Er ist ein Opfer, mit gebrochenen, verletzten Rechten.

Viele sympathisieren mit ihm, diese Dummköpfe! Erkennen nicht den Dreck in ihren Seelen.

Einige Pläne brauchen ein Opfer und scheitern trotzdem!

Ich bin mir sicher, dass du keines meiner Worte verstehst.

Geh.

Folge der Geschichte:

„Agatha" wartet auf dich – ganz allein.

Ich versuche dir unsere Perspektive auf die Dinge er zu erklären. Ein wenig Menschlichkeit wird übrig bleiben, sodass du jemanden brauchen wirst, der dich mit Essen versorgt. Geschäfte werden mit gegenseitigem Einverständnis geschlossen.

...
Das Lied und das Musikstück "Am-No-Tanabata-Hime" sind
verfügbar
...
Der Brief 0.14 ist beendet
...

KAPITEL 11

Entschlüsselungsmodus aktiviert

...

Datenvergleich

...

Erinnerungsmodus aktiviert

...

Erzählerin und Erzähler wählen Beweisstück 1.6

...

Erste Simulation

...

Start

...

=[Erzähler 1]:
„Agathas" Träume von Rache versickerten mit der Zeit, wie auch „Sisyphus"
Träume vom Schmerz.
Als hätte die Sonne von „Thanatos" sie mit ihrer Kraft niedergeschlagen, ganz
gleich ihrer Bedürfnisse.

=[Erzählerin 2]:
Aber das konnte das Ende nicht aufhalten, sondern hat es nur näher gebracht
und hässlicher gemacht.
Und „Sisyphus" Verwirrungen wurden nur noch undurchsichtiger und er würde
sich umso früher dem Verbotenem hingeben.
Er strickte weiter an seinen Plänen, während die Kleine in der Höhle schlief;
Wie kann er die Geschichte neu gestalten?
Wie kann er das Leid und die Qualen noch verbessern, um seine Wünsche in
Erfüllung gehen zu lassen?

=[Erzähler 1]:
Und plötzlich kamen ihm zwei Ideen. Die Erste: schwer zu fassen und lang in
der Ausführung: Er müsste seine Kapitel neu ordnen und einen neuen Helden
auftreten lassen, der noch überzeugendere Gründe findet, all die Massaker
ungehemmt stattfinden zu lassen, damit er es noch mehr genießen kann und
glücklich und zufrieden ist.
Die Zweite: leicht und innerhalb eines Tages durchzuführen; und es gäbe ihm
die Möglichkeit „Agatha" näher zu kommen, ihren Willen zu brechen und ihr
zu diktieren, was sie tun soll. Es besteht jedoch ein Risiko, das nicht vergessen
werden darf: sich selbst in die Simulation einführen und

direkten Kontakt mit den Wesen aufnehmen. Dies ist jedoch strengstens verboten – eine Sicherheitsmaßnahme gegen die Katastrophe, vor der sie uns gewarnt haben.

=[Erzählerin 2]:

Und es gibt kein Zweifel daran, dass „Sisyphus" Eigenheiten sich von euren nicht unterscheiden, und somit wählt auch er immer die einfachste Option. Und die langen Jahre ohne Gewissheit, haben ihn so erschöpft, dass er es nicht mehr ertragen konnte.

Also betritt er seine eigene Simulation und zeigt „Agatha" seine wahre Formt – und sie sieht, wie er vor ihren Augen geformt wird.

Seine Gestalt ist nicht anders, als die von „Agatha": Zwei Arme und Füße, eine nicht ungewöhnliche menschliche Gestalt.

Seine Haarfarbe ist rot, genauso, wie seine Augen. Doch seine Haut ist hell, fast weiß.

Etwas sperrig und so groß wie „Thanatos".

Und als seine Form vollendet war, sprach er zu ihr und sein Tonfall war grob: „Ich bin dein höchster Gott."

Die Kleine aber war keines Falls überrascht von dem Erscheinen solch einer Gestalt. Ein Gott stirbt und der nächste erscheint.

Also antwortete sie: „Was meinst du damit? Was willst du überhaupt? Willst du mich neu konfigurieren, wie „Thanatos" es vor dir getan hat?"

=[Erzähler 1]:

Und als sie sich begegneten begann ein seltsamer Dialog:

- „'Agatha'! Ich bin anders, als das, was du bisher gesehen hast. Du wirst nie wieder etwas wie mich sehen. Ich bin derjenige, der dieses ganze Universum erschaffen hat, mit all diesen kleinen Straßen, dem Weltraum und den Sternen, all die Ignoranz und die Wissenschaft, seine Sagen und Märchen."

- „Ich habe genug von euch allen! Ich brauche diese kryptischen Worte nicht. Sag mir einfach, was du von mir willst. Wirst du mir helfen, mein Ziel zu erreichen?"

- „Natürlich! Ich bin derjenigen, der deine Ideen kreiert hat, sodass du dich an sie gebunden fühlst. Ohne mich wärst du überhaupt nicht hier. Es gibt nur eine Sache, die uns daran hindert es zu tun."

- „Was für eine Sache?"

- „Wir werden von denen, die meine Geschichte studieren, beobachtet; ich meine, auch ich bin an Gesetze gebunden, die ich nicht brechen darf."

- „Okay?... Ich verstehe nichts von dem, was du sagst, aber was sollen wir deiner Meinung nach tun?"

- „Mach dir keine Sorgen. Ich habe einen Plan. Erinnerst du dich, was ‚Thanatos' mit dem Herrscher gemacht hat? Seine Ermordung hat zu Chaos geführt, dass die Beobachter nicht so leicht auf uns aufmerksam werden können."

- „Wie sehr wünsche ich mir, dieses Chaos selbst gestiftet zu haben."

- „Schau, ich habe viel darüber nachgedacht. Ich werde seine ganze Familie hier in deine Höhle bringen! Dann kannst du sie foltern, wie du es dir gewünscht hast. Doch sie dürfen nicht sterben, du muss sie im Kreis der Zeit halten und es wird erst enden, wenn auch der Kreis der Zeit endet."

- „Ich verstehe nicht ganz, was du sagst. Willst du mir etwa sagen, dass ich niemals aufhören soll?"

- „Exakt! Niemals!"

- „Denkst du nicht, es ist zu lang?"

- „Warum stellst du mir so viele Fragen, als ob *du* die Kontrolle hättest? Der Plan ist gut durchdacht und du solltest ihm folgen."

- „Und wenn ich mich weigere."

- „Unmöglich, ich habe hier die Kontrolle über alles und bin zu allem fähig."

- „Warum ich? Wenn du wirklich so mächtig bist... warum tust du es nicht selbst?"

- „Mein Gewissen hindert mich daran Schmerzen selbst zu verursachen, aber es bringt mich nicht davon ab, sie mir zu wünschen. Und wie gesagt, jede meiner Bewegungen wird beobachtet und nicht nur das, auch alles, was vor uns liegt."

- „Okay okay... ich akzeptiere deinen Vorschlage solange er..."

- „Es ist ein Befehl! Es sollte eine Ehre für dich sein! Warum zögerst du? Du warst so begeistert von der Idee, dass du sogar deinen eigenen dummen, aber dennoch mitfühlenden Retter hast sterben lassen."

- „Wie dem auch sei. Wen soll ich foltern?"

- „Alle Familienmitglieder, jung und alt. Foltere sie, wie du willst. Und natürlich den Herrscher „Aurelian" selbst. Ich gebe dir die Möglichkeit noch einmal Rache an ihm zu nehmen. Er hat deine Heimat zerstört, nicht wahr? Er hat so viele vor deinen Augen getötet, darunter auch deine Familie."

- „Ja, ich erinnere mich mit meiner ganzen Seele, an jedes Detail. Seine Soldaten haben ihre Pfeile in den Körper meines Vaters versenkt."

- „Und hier bin ich, und segne dich mit allem, was du erreichen wolltest. Solltest du mir nicht dankbar sein, anstatt dumme Fragen voller Skepsis zu stellen?"

- „Lass deinen Worten Taten folgen, dann werde ich deine Sklavin sein."

=[Erzählerin 2]:
Innerhalb weniger Sekunden verwandelte sich die Höhle in eine Folterkammer.
Scharfe Gegenstände hingen an den Wänden und einige Stühle und Tische
waren im Raum verteilt.
Der Raum diente nur einem Zweck: Den Körpern der Familie Schmerz
zuzufügen. Denen, die nichts falsches getan hatten, außer, dass sie das Reich
regierten.
Doch die Verwandlung des Raumes hatte die Regeln der Programmierung
gebrochen, die tief verwurzelt waren mit den Servern, die das Universum im
Gleichgewicht hielten.
Durch diesen plötzlichen Fehler entstand ein digitaler Funke, der auch in der
Realität, vor den Augen der Beobachter, die für „Sisyphus" Fall verantwortlich
waren, gesehen wurde. Und einer von ihnen kommentierte das Geschehen mit
den hämischen Worten: „Wie wir es erwartete haben. Eine Verletzung der
Regeln wäre früher oder später eh geschehen".

=[Erzähler 1]:
Aber sie hielten ihn nicht davon ab fortzufahren.
Dafür folgten sie seinen Aktionen ab diesem Zeitpunkt mit höchster
Aufmerksamkeit.
Jede kleinste Information bekam für sie größte Bedeutung.
Und so bekam keiner von Ihnen mit, was wirklich in der Simulation vor sich
ging.
Sie fuhren fort mit ihrer stillen Beobachtung und auch „Sisyphus" machte, wie
geplant, weiter.

=[Erzählerin 2]:
„Sisyphus" erschuf die ganze Familien und gab ihnen neue Körper, ausgestattet
mit weicher Haut, wie bei einem Baby, mit feinen Nerven, damit sich auch die
kleinste Berührung spürten.
Und dann erwachten sie, richteten ihre Blicke in die Ecken des Raumes und
wunderten sich über ihr plötzliches Erscheinen an diesem Ort, gefesselt und
gehindert daran, zu sprechen.
Sie sahen ein Mädchen, nicht älter als 20 Jahre. Sie schaute „Sisyphus"
glücklich an, dankte ihm und näherte sich dann, dem jüngsten der Familie. Mit
ihm tat sie, was keiner Kreatur jemals erlaubt sein würde zu tun.

=[Erzähler 1]:
Sie schlug das Kind. Sein Körper wurde deformiert, die Schönheit aus seinem
Gesicht gerissen. Und „Sisyphus" jubelte aus vollem Herzen.
Und die Mutter... sie konnte nicht glauben, was sie sah. All das Grauen, das
ihrem Kind angetan wurde und das nicht aufhörte.
Was passierte hier?

=[Erzählerin 2]:
Rache - hab ihr noch nie davon gehört?
Gruselig, nicht? Ich sehe, dass ihr euch fürchtet.
Und aus diesem Grund, versuchen wir Folter in unserem Leben zu verhindern,
weil es nutzlos und ungerecht ist – etwas schreckliches aus jeglicher
Perspektive.

=[Erzähler 1]:
Aber was sie tut... ist ein Verbrechen!

=[Erzählerin 2]:
Und so machen sich die Sünder frei von ihrer Schuld. Indem sie ein einfaches
Wort hinzufügen. Weiß du, welches es ist?

=[Erzähler 1]:
Ich zweifle nicht an der Existenz deren, die es nicht realisieren.
Wie der Vater, der realisiert, dass ein unvermeidliches Unglück geschehen wird.
Die grausame „Agatha", setzte ihre Folter an dem nächsten Kind fort, sobald
das Herz des ersten aufgehört hatte zu schlagen.
Und des Vaters Rücken wurde ausgepeitscht, bis die nackten Wunden weiß
waren.
Dann wendete sie sich dem älteren Mädchen zu und rammte scharfe, spitze
Nadeln in ihre Brust, die unerträgliche Schmerzen verursachten, selbst bei
denen, die nur zuschauten.
„Sisyphus" war so glücklich, wie nie zuvor und sein Verlangen war unendlich
groß.
„Agatha" ging nun zu „Aurelian", um ihm die Adern durchzuschneiden. Als sie
dies getan hat, trennte sie ihm die Finger einzeln ab.
Doch „Sisyphus" erweckte sie alle wieder zum Leben, damit „Agatha" ihre
Schreie weiter hören konnte.
Wie grausam „Sisyphus" Absichten waren! Mit jeder neuen Runde, musste die
Familie eine neue Art der Folter durchleben. Das sonst so starke Innere der
Mutter zerbrach und jedes menschliche Gefühl wurde abgetötet.

An diesem Punkt, nach all den nie enden wollenden Wiederholungen, wussten die Beobachter, dass sie eingreifen mussten.

Was passiert war, glich einer unbegreiflichen Ungerechtigkeit. Um solch eine Geschichte zu erzählen, mussten die Freiwilligen ein Dutzend Regeln brechen und selbst zu Verbrechern werden.

Doch unglücklicher Weise, und das war nicht leicht, konnten alle persönlichen Informationen von „Sisyphus" nur dadurch gelöscht werden, die Maschine komplett abzuschalten. Dies würde seine Gehirnaktivitäten stoppen, die für all die Morde verantwortlich waren, allein durch die Abwesenheit jedes Menschlichen in seinen Anweisungen.

Und so musste jemand, tief in das Universum eindringen und ihn von dort zurück bringen, um sein Spiel zu stoppen.

„Phobos", der erste Freiwillige, war am besten geeignet. Er wusste, was zu tun war und entschied sich, diese Reise auf sich zu nehmen. Alle anderen unterstützten ihn so gut sie konnten. Sie warnten ihn vor all den Gefahren und bereiteten alles vor, was er benötigen würde.

...

Das Lied und das Musikstück „Phobos" sind verfügbar

...

=[Erzählerin 2]:

Er setzte sich auf den Simulationsstuhl.

Mit einer heftigen Welle, die ihn fast zerstörte, betrat er die neue Welt.

Alle Informationen und Symbole überkamen ihn wie ein Wasserfall aus Feuer, als wollten sie ihn daran hindern weiter fortzuschreiten.

In einer mächtigen und dramatischen Szenerie, kämpfte er voller Kraft dagegen an.

Daten wirbelten um ihn herum und versuchten die Kontrolle zu übernehmen, doch plötzlich stieß ihn ein elektrischer Schlag von hinten an, sodass er den Strom durchbrach und mitten in seine persönliche, virtuelle Mission gelangte.

Er tauchte tief in das Universum ein und hatte schon die Hälfte der Strecke zu seinem Ziel hinter sich gelassen.

Aber die Verteidigungsmechanismen versuchten ihn erneut zu stoppen.

Noch härter als zuvor, sodass die Galaxy vor Hitze fast schmolz.

Doch „Phobos" blieb von all dem unbeeindruckt, setzte seinen Weg ungehindert fort und wehrte alle Hindernisse um ihn herum ab, sodass er noch schneller voran kam.

Er schlüpfte durch die digitalen Lücken und bewegte sich auf den genau richtigen Koordinaten, um am Ende mit voller Wucht auf dem Planet zu landen.

Das Erdbeben das er damit auslöste, ließ „Sisyphus" aus seiner jämmerlichen Ekstase aufschrecken.

„Agatha" schaute ihn verwundert an: „Allwissender! Was passiert hier?"

„Ich weiß es nicht, es ist beängstigend. Es fühlt sich an, als würde die ganze Erde in sich zusammenfallen und als würde das Universum verschwinden" – antwortete er erstaunt und fuhr fort, nachdem er sich außerhalb der Höhle umgeschaut hatte: „Einer der Beobachter ist hier. Wir werden verdammt sein, wenn wir ihn nicht töten."

„Lass mich es tun" – trug „Agatha" ihre Bitte vor, doch er lehnte ab.

„Du wirst ihm nicht einmal nahe kommen können" – antwortete er ihr – „'Phobos' ist ein Gott wie ich, nur so konnte er diese Welt betreten" und er fuhr fort: „Ich werde mich ihm stellen und versuchen ihn zu stoppen. Und zu dir: Ich kann mich für das grausame Ende, das dich nun erwartet, nur entschuldigen." Da ging sie auf ihn zu, legte ihre Arme um ihn und flüsterte ihm ins Ohr: „durch deine Gnade bin ich auf dieser Welt und ohne sie, hätte ich nie meine Rache nehmen können. Geh und stell dich diesem verfluchten Wesen, meine Gebete sollen mit dir sein, mein gutmütiger Gott."

Kannst du sehen, wie schnell es geht, dass die Wesen versklavt werden?

Lassen wir nicht zu, dass ihr Vergnügen während des Lesens gestört wird, sondern schauen wir einfach nur zu, wie dieser virtuelle Diktator vernichtet wird.

Er hat niemals aufgegeben, hat nie Reue gezeigt für das, was er getan hat. Vielmehr hat er darauf beharrt weiter zu machen.

Er ließ sich von niemandem abschrecken.

Es sind unvergessliche Momente, wie „Sisyphus" begann „Phobos" zu attackieren und versucht hat ihn mit all seiner Kraft zu schlagen. Er fokussierte all seine Prozessoren darauf, „Phobos" von der digitalen Bühne zu löschen. Er versuche ihn zu warnen: „Hört auf und du wirst sicher sein!".

Doch er hörte nicht auf ihn und so dehnte sich ihr Kampf in der Zeit des gesamten Universums aus und hinterließ unvergessliche, historische und unverkennbare Spuren.

Doch nur der Stärkste wird die endgültige Kontrolle erlangen, derjenige, der die Fäden der Realität in seinen Händen halten wird, derjenige, der für alle Beobachter verantwortlich sein wird.

Mit ihren Programmierfähigkeiten konnten die restlichen Beobachter dieses kindische Spiel beenden und beide, „Sisyphus" und „Phobos" zurück in die bittere Realität bringen.

Und so die erste Simulation beenden.

=[Erzähler 1]:
Eine Erfahrung, die uns eine Lektion erteilt hat, eine Lektion die jedes Mal neu gedacht wird, wenn jemand dieses Buch öffnet.
Was aber ist wirklich passiert? War „Sisyphus" ein Verbrecher? Oder war das, was geschehen ist, nur eine einfache Verletzung der Gesetze?
Und ich meine, was hat er den Geschöpfen wirklich angetan? Ihre Taten sind den unseren ganz ähnlich, ihre Gefühle und wie sie ihr Leben führen. Der einzige Unterschied ist, dass sie digital erschaffen wurden, vom Schicksal unserer müden Gedanken. So können sie uns täuschen und unwirkliche Gesellschaften bilden, die die Wahrheit nur durch eine einzige Nummer, manipulieren können.

=[Erzählerin 2]:
Doch sein Vergnügen war schon immer da und kitzelte seine Sinne. Das hat er im Verhör erzählt.
Seine Figuren, mit ihren Geschichten und Aufzeichnungen, haben uns schwer bewegt.
Du möchtest mir vielleicht sagen, dass all das nur die Fantasien eines Psychopathen sind, aber auch das ist einer der Gründe, warum unser majestätisches Universum zerstört wurde.
Seine Taten können ihren Weg in unser tägliches Leben finden, nicht wahr?

=[Erzähler 1]:
Kannst du die Gefühle eines Computers begreifen, die ein spezifischer Algorithmus produziert?

=[Erzählerin 2]:
Kannst du nicht auch die Wunden einer Operation spüren, bei der ein Medikament dich lähmt?
Verschwenden wir nicht die Zeit, die uns noch bleibt.
Zu dieser Zeit wurde „Sisyphus" vor ein Gericht gestellt. Weit weg von dem Ort, an dem die Experimente durchgeführt wurden. Und die Verantwortungsträger verschwendeten nicht eine Sekunde, um die zweite Simulation zu starten. Eine Geschichte folgt der nächsten und so wird die Realität wieder und wieder von denen, die von der Gier getrieben sind, missbraucht.
...
Beweisstück 1.6. ist beendet
...

KAPITEL 12

Entschlüsselungsmodus

...

Datenvergleich

...

„Liŷr wählt den Brief 0.14

...

Start

...

=[Liŷr]:
Weißt du, warum diese Maschine entwickelt wurde?
D... di... diese Maschine! „Veritas!"
Meine Leute haben sie entwickelt, um ihrem langweiligem Leben zu
entfliehen. Unser Leben hat sich daraufhin allerdings von einem sozialen, zu
einem vereinzelten Leben entwickelt und wir wurden noch einsamer als zuvor.
Und wenn ich mich an meine früheren Lebensjahre erinnere, waren die vom
Gedanken an die Gemeinschaft geprägt.
Wie ein Fußballspiel, dass tausende Zuschauerinnen und Zuschauer
zusammenbringt oder ein großes Theater mit viel Publikum - hunderte
Menschen kommen in Frieden zusammen.
So war es auch in meiner Jugend. Die Bars waren voll, niemand war allein.
Wie ein Musikstück, bei dem 1000 Noten weich und miteinander verbunden
sind.

Und wie die Tage vergingen, veränderten sich auch die Menschen, sodass die
Erfüllung der eigenen Ziele das wichtigste wurde.
Man konnte ein Leben mit unendlichen Möglichkeiten erschaffen, war dabei
aber ganz allein, ohne Freunde.
Und so war jeder allein, getrennt von den anderen und kümmerte sich nicht um
die Geschichten der anderen.
In diese Zeit kam die versprochene Maschine und ermöglichte all unsere
Wünsche. Die Schönheit der Realität die sie erschafft ist atemberaubend, jedes
Detail ist wunderbar und es gibt keinen Fehler. Aber sie musste
weiterentwickelt werden.

Es war ein Schlüsselmoment, wie der Titel für diese Ära verrät: „Der Mensch
als Sklave der Evolution".
Wir wurden süchtig nach dem Gerät. Wegen unserem Verlangen, nicht wegen
unserer Dummheit. Und so nahm sie uns die Grundlage unserer Existenz.

Aber es ist kein Fehler, es ist eine Innovation.
Ohne den Übergang von einem zum nächsten, könnten wir die nächste
Entwicklungsstufe von der vorherigen nicht unterscheiden.

Die Realität brauchte eine Illusion, genauso wie die normalen Dinge, das
Fremde brauchen.
Es ist eine wichtige Beziehung, sodass mehr Details entstehen können, die
niemand vorhersagen kann.
Der Wandel war notwendig, sodass neue, angenehme Farben unserem Spektrum
hinzugefügt werden konnten.
„Aurelian" ist vielleicht das neue Symbol für eine Diktatur oder „Sisyphus"
wenn es um Sadismus geht.
Doch noch wichtiger ist es, die verwirrenden Ereignisse als Argument
anzuführen, um zu beweisen, wie das, was noch kommen wird, zu Ende geht.
Wir existieren, wir leben und haben die Wahrheit im Anfang gesehen, bevor wir
das Ende berührt haben.

Und in einer Realität der Quadrate, braucht man eine Säule, um den Weg durch
die Kapitel zu finden.

Vielleicht muss er gehorchen, damit er unterstützt wird.
Kein Problem, das ist nicht viel anders ist als das, was wir jeden Tag tun, eine
Demütigung gegenüber uns selbst, um das zu akzeptieren, was nicht einmal da
ist, nicht einmal real ist.

Wir alle sind Sklaven.
Wir dienen diese Zahlen.
Wie dienen diesen Buchstaben.
Diesen Worte und Gleichungen.
Gegenstände sind nur die Ergebnisse von mathematischen Formeln und wir
werden nicht müde, sie zu erklären.

Um Folgendes zu lesen, versuchen Sie, anhand Ihrer persönlichen
Berechnungen herauszufinden, was es bedeutet.
Zwingen sie es zu existieren, indem sie es genau beobachten.

Ich verabschiede mich.

Ich überlasse die Aufgabe, es dir zu erklären, den anderen.

Vergiss nicht; Das Licht braucht die Dunkelheit, um unverwechselbar zu sein.

...

Das Lied und das Musikstück "Llŷr" sind verfügbar

...

„The 3rd symphony" ist verfügbar

...

Das Album „Memories Vol.1 (remastered) ist verfügbar

...

Der Brief 0.15 ist beendet

...

Das Glossar der ersten Simulation ist beendet

...

Wer sind wir?

1- „Risk" eine Gesundheitsorganisation:

- Ein gemeinnützige Organisation, gegründet 1968 in London, England.
- Alle Ziele konzenb·ierten sich aufEntwicklungen im psychiatrischen Bereich, um Patientinnen und Patienten wieder als Teil der Gesellschaft zu rehabilitieren.
- Der Name der Organisation tauchte 2006 aufdem Welbliarkt auf, als sie eine wirksame Lösung zur Heilung von Depressionen fänden.
- Der Hauptstandort der Organisation wechselte nach Hamburg, Deutschland, nach einem Erlass der königlichen Regierung 2011, wonach psychische Erkrankungen nicht existierten.
- 2015 wurde die Organisation in Deutschland besonders dadurch bekannt, dass sie kostenlose psychologische Beratung für Geflüchtete durchführte. Sie leistet dabei einen wichtigen Beitrag zur Integration vieler Geflüchteter. Dabei konnten sie von den Erfahn111ge11 mit früheren Patientinnen und Patienten profitieren.
- 2017 startete das gemeinnützige, künstlerische Projekt „Memories", das der Finanzierung des Sektors für psychische Krankheiten diente, in der Hoffnung, Lösungen für kompliziertere Krankheiten, wie Alzheimer, zu finden.

2- „Dabash" ein Künstler Team:

- 2016 in Osnabrück, Deutschland gegründet. Eine Gruppe von Fachleuten, die das Ziel verfolgen, eine besondere Art von Kunst zu erschaffen, indem sie unterschiedliche Arten von Musik, moderner bildender Kunst und eine bestimmte Formen von Kurzgeschichten, kombinieren.
- 2018 begann mit dem Projekt „Memories" die Zusammenarbeit mit „Risk", die das Projekt aufein höheres Niveau brachten, da die Spezialistinnen und Spezialisten von Angesicht zu Angesicht mit den Patientinnen und Patienten arbeiten konnten und so stärkere und gehaltvollere Resultate produzie11en.
- Das Team erhielt 2019 uneingeschränkte Unterstützung von „Risk", nachdem es beispiellose und beeindruckende Ergebnisse erzielt hatte, die zur Weiterentwicklung des Projekts führten.

e 3rd Symphony

gelangen ganz einfach zur
vlist, indem Sie den Code
nnen

emories Vol.1 Remastered

gelangen ganz einfach zur
list, indem Sie den Code
nnen

020

elangen ganz einfach zur
ist, indem Sie den Code
nen

e 2nd Symphony

elangen ganz einfach zur
st, indem Sie den Code
nen

Their story will be told